詩文叢集

逍遙遊吟稿

陳滿銘 著

胡序——陳教授以古典抒寫今情

大約一千八百年前，曹操（西元一五五—二二〇）〈短歌行〉唱出如下的詩句：「對酒當歌，人生幾何？譬如朝露，去日苦多。慨當以慷，憂思難忘。何以解憂？唯有杜康。青青子衿，悠悠我心。但爲君故，沉吟至今。」曹操詩句中的「對酒當歌」、「慨當以慷，憂思難忘」、「青青子衿，悠悠我心」道盡人生的諸多感慨，遂流傳千古，今人仍能朗朗上口。相對於此，杜甫〈聞官軍收河南河北〉的詩句「白日放歌須縱酒，青春作伴好還鄉」，就顯得眞氣流行、興高采烈了。

出身且授課於臺灣師範大學近五十年的陳滿銘教授，在執教上庠之餘，以高妙之思，運如椽之筆，將旅遊與社課所見所聞所思所感，發而爲詩。情近杜甫之縱酒放歌，而遠於孟德之憂思苦多。積五十五年（一九六一—二〇一六）之功力，得詩四百七十九首、詞十四闋，今裒集成冊，命名曰《逍遙遊吟稿》，要序於余。余拜讀再三，得其梗概，爰不揣冒昧，略書三五事，或能拋磚引玉，引起一些迴響。

陳教授早年以詞學名家，中晚年則專攻章法學，建立「多二一（〇）雙螺旋結構」，嘉惠後學無數。因爲熟稔蘇辛詞，沉潛既久，自然於《吟稿》中噴薄而出：〈與家人晨坐陽明山公園觀景樓上〉第三首云「青山多嫵媚」，直接引自辛稼軒〈賀新郎〉詞句。〈烈日下過敦安公園〉末句「花裏徐行且嘯吟」，與蘇東坡詞〈定風波〉所云「何妨吟嘯且徐行」同樣瀟灑。〈灘江船上〉首句「簪青螺黛聳灘汀」與辛稼軒〈水龍吟〉之「玉簪螺髻」，用同樣筆法書寫山水，都很傳神。而〈夜訪老舍茶館〉一詩涵蓋春夏秋冬：「春弦催花艷……夏吹嗩吶好……秋唱追漢唐……冬鼓雄氣勢……」。此於稼軒詞〈沁園春〉下闋亦見之：

疏籬護竹，莫礙觀梅。秋菊堪餐，春蘭可佩，留待先生手自栽。

陳教授的詩與辛稼軒的這闋詞雖然語境不同（一寫觀劇，一寫新居），但是同樣涉及四季，同是想像力的發揮，則思維有同轍之處。

陳教授不僅嫻熟宋詞，於唐詩亦知之甚稔，故吟稿中數見唐詩蹤影。〈赴鍾山途中〉云：「聊吟山色有無中」，逕用王維〈漢江臨眺〉詩句「山色有無中」。〈與家人晨坐陽明山公園〉云：「臨風聽曉蟬」，也沿自王維〈輞川閒居贈裴秀才迪〉詩句「臨風聽暮蟬」。〈遊玄武公園〉第一首云：「春風吹十里」，脫胎自杜牧詩句「春風十里揚州路，捲上珠簾總不如」，兩者不僅詩句相若，詩境亦同，皆歌詠美人也。〈訪烏衣巷口〉前兩句「千載烏衣巷，尋常屋幾重」則脫胎自劉禹錫詩〈烏衣巷〉：「朱雀橋邊野草花，烏衣巷口夕陽斜。舊時王謝堂前燕，飛入尋常百姓家。」兩者異曲而同工。〈北京故宮〉第一首云：「兩朝五百餘年夢，多少君臣守國城？」讓吾人思及杜牧詩句「南朝四百八十寺，多少樓台煙雨中」。〈戎庵寫竹〉一詩末句「貪看何須問主人」，與王維詩句「看竹何須問主人」同一思維。〈船泊巫山縣〉末句「竟夜疊相思」，用詞源自張九齡〈望月懷遠〉第四句「竟夜起相思」。援引古人詩句入詩，常見於古典詩的書寫，重點在於用得恰如其分。余觀滿銘先生的詩，融古入今，十分自然而貼切。

在同一詩句中使用疊字，在古體詩中常見，「青青河畔草，緜緜思遠道」是其中佳作。而於唐詩中亦數見之：杜甫〈登高〉詩「無邊落木蕭蕭下，不盡長江滾滾來」氣勢雄渾，感人肺腑。白居易（七七二—八四六）〈賦得古原草送別〉詩「離離原上草，一歲一枯榮」，亦流傳千古。這種疊字手法到了晚唐更加風行，甚至一句七字中出現兩次疊字，例如杜牧（八〇三—八五二）

名詩〈寄揚州韓綽判官〉云：「青山隱隱水迢迢，秋盡江南草未凋。二十四橋明月夜，玉人何處教吹簫？」首句就用了兩次疊字。趙嘏（八〇六—八五三）〈送從翁中丞奉使黠戛斯〉云：「旌旗杳杳雁蕭蕭，春盡窮沙雪未消」。黠戛斯即今之中亞吉爾吉斯，此詩遙寫中亞暮春蕭條的景色，首句也用了兩次疊字。溫庭筠〈夢江南〉云「過盡千帆皆不是，斜暉脈脈水悠悠，腸斷白蘋洲」。道盡閨婦之無奈。韋莊（八三六—九一〇）〈古別離〉云：「晴煙漠漠柳毿毿」，訴說離別之苦。同一句使用雙重疊字，反映了情感的綿密豐沛，以及詞藻之華麗鋪張。這種風格可說自晚唐五代以來未曾稍減。

在《逍遙遊吟稿》收錄的四百七十九首詩當中，出現疊字的詩凡一百七十六首，比例已超過三分之一，足見陳教授對於「疊字」之熱愛。在他使用的疊字當中，「匆匆」、「悠悠」、「漫漫」「濛濛」、「茫茫」、「曖曖」等疊字是常出現的。舉例如下：

匆匆且逐碧羅春（〈大英博物館〉）
悠悠度幾春（〈大英博物館〉）
航路苦漫漫（〈降落阿姆斯特丹機場〉）
風吹水霧細濛濛（〈海德堡古堡〉）
漫漫籠太空（〈登鐵力士山賞雪〉）
縱橫船道水茫茫（〈水都威尼斯〉）
古韻茫茫何處覓（〈水都威尼斯〉）
曖曖秋林晚（〈維也納森林小道〉）
聚散恨匆匆（〈過境阿姆斯特丹回國有感〉）
蕩心一片氣濛濛（〈遊萬里〉）
灘水漫漫舟緩緩（〈灘江船上〉）

悠悠一舫臥中流（〈陽朔公園〉）

斜陽曖曖添秋色（〈八達嶺長城〉）

無言沉淚去悠悠（〈過灞橋〉）

霧前四顧景濛濛（〈遊黃山遇霧〉）

余觀滿銘先生寫迷濛景色時，好用「濛濛」、「茫茫」、「漫漫」；感時間之流逝則用「匆匆」、「悠悠」；描繪斜陽則喜用「曖曖」，這是他個人獨特的喜好，也是一種風格。

南朝的鍾嶸在《詩品．序》裡說：「嘉會寄詩以親」，這句話用在陳教授這部《逍遙遊吟稿》上，再恰當也不過了。此詩集收錄的四百七十九首詩，泰半皆與親友同遊嘉會有感而發之作。〈西歐之旅〉、〈神州之旅〉、〈紐澳之旅〉、〈北京行〉等輯固然如此，〈停雲社課〉諸詩亦是與同好嘉會之作。

「停雲」語出陶淵明詩句「靄靄停雲」，思親友也。詩社既以「停雲」命名，一則遠紹淵明旨意，一則視同好為親友也。滿銘先生〈停雲社課〉諸詩，充分表達同仁情義。〈遊碧潭有懷夢機子良〉詩云：「班坐尋詩知幾度，臨流何日客成三？」期盼三人班坐，臨流賦詩。〈歲末懷社友張夢機教授〉詩云：「雲腴情長在，何當續前遊？」直賦兩人之深交。夢機先生年齒略小於滿銘先生，以詩名享譽海內外，滿銘先生引為忘年交，深情厚誼溢於言表。「團團瑞氣滿雕桌，歡盡梅軒酒半醺」，則為江教授慶壽而賦詩，眞是酒逢知己千杯少。〈重陽〉一詩末句直書「隆情美誼恆常有，不畏老來登至高」，以重陽登高反襯老友如兄弟一般的交情。為讚美羅戎庵先生，滿銘先生賦詩云：「冰姿落落清如許，貪看何須問主人？」在此，滿銘先生點化了朱熹和王維的詩句，可是隆情厚意化為文字，自然噴薄而出，毫無凝滯之態。非有眞誠，無以致此。〈與遊歐諸友遊萬里〉詩云「最是歐遊隆摯誼，漫天風雨故人來」，用清代孫星衍名句「最難風雨故人來」以表達至交之情誼。〈過境阿姆斯特丹回國有感〉詩云「恰似青山看不厭，敬亭重會是何年？」，點化李白詩句「相看兩不厭，唯有敬亭山」，用來表達歐遊諸友之間的情誼。

旅遊訪古時，難免有歷史滄桑之感，景物依舊、人事已非之慨。杜甫五首〈詠懷古跡〉、劉夢得〈西塞山懷古〉〈烏衣巷〉、元稹〈行宮〉等詩如此，李商隱〈隋宮〉、杜牧〈赤壁〉〈泊秦淮〉〈江南春〉等詩亦復如此。滿銘先生的詩多作於訪古旅次，語多感慨。這些詩常以疑問句收尾，且經常出現「淒淒」「悠悠」「茫茫」的形容詞，以表達對於滄桑之無奈與惋惜。〈倫敦鐵塔〉詩云「幾番且問斜陽落，眾裏誰聞哽咽聲？」寫鐵塔冤魂之哀嚎。〈凡爾賽宮〉詩云「毫髮由來歸帝力，哀聲隱隱有誰聽？」哀民怨之無從申訴。〈水都威尼斯〉詩云「古韻茫茫何處覓？可憐汗漫入虛無」，慨嘆古代風華之不可尋。〈羅馬鬥獸場〉詞云：「無語嘆興亡，勝跡茫茫，當年凱撒爲誰忙？」眞的是人事兩茫茫。〈維也納森林小道〉詩云「曖曖秋林晚，何處覓遺風？」，想見大師風華亦不可能。〈過灞橋〉詩云「載恨從來知幾許？無言沉淚去悠悠」以灞橋折柳寫離別之恨。〈北京故宮太和殿〉詩云「兩朝五百餘年夢，多少君臣守國城？」，有杜牧式的感慨。〈西安安定城門〉詩云「焉得牆銜容駟馬，放舟塹水認前明？」也是杜牧式的思緒。〈巴黎羅浮宮〉詩云「嬌顏奪盡人間色，何事淒淒玉臂寒？」，轉化了杜甫「清輝玉臂寒」的詩句，但與月亮無關，而是傷米羅維納斯之無臂。整體而言，滿銘先生的詠史懷古詩多傷往事之難尋，風格接近中晚唐的懷古詩。

滿銘先生擅長絕句，七絕固高上，五絕尤其詞清味腴，耐人尋味。〈遊玄武公園〉詩云「自古繁華地，維揚出麗妍。春風吹十里，載酒羨樊川。」不僅引用杜牧詩句，甚至要認同樊川了。〈阿姆斯特丹鮮花市場〉詩云「彩浪接天涯，名花暗怨嗟。清朝辭故土，日暮到誰家？」，以名花喻佳人，而以花落誰家作收，繁華中隱藏些許的哀愁。〈蘇州〉詩云「看盡姑蘇好，低回不忍離。天公憐遠客，零雨更相隨。」以江南煙雨襯托離情之依依。〈雲影〉詩「閒雲浮水碧，來去漫無心。相映驚時久，悄然浸影深」，以及〈夢曉岸垂釣〉詩「潭水深無底，清澄照影明。垂綸臨曉岸，佇聽跳魚聲」，皆有盛唐王維之風。滿銘先生的若干七絕，同時使用了「句中對」和「頂眞」的手法，使得全詩讀起來朗朗上口。例如〈遊西德漢堡市〉末句「衣牽弱柳柳牽風」，以及〈舊藍色多瑙河〉詩「岸草搖風風動樹，倒空浮水水流雲」等句，不僅音韻鏗鏘，而且意象鮮明，讀之彷佛親臨其境，眞佳構也。此種手法，於古人詩中亦見之。趙嘏〈江樓感舊〉詩句「月光如水水如天」即是也。〈荷京近郊木鞋製造廠〉後兩句「幾處空車旋緩緩，一襟閒逸好風來」，寫人之閒逸如同風〈車〉之閒逸也。讀來令人神清氣爽，眞神來之筆也。

就結構而言，滿銘先生在這部近五百首詩的《逍遙遊吟稿》當中，獨創了

「組詩」的形式。此形式之創新不在於同一詩題寫了數首詩，而在於組詩中的每一首是意蘊相連的。以〈諸團友歡聚於西子湖畔〉四首詩爲例，第一首的第二句「手摩夢裏湖」，由第二首的首句「唱遍西湖水」銜接。第二首第三句「千杯驚不醉」由第三首第三句「傾盡杭州酒」來承接；第二首第四句「放浪似神仙」轉成第三首的首句「群仙齊放浪」。第四首的首句「湖畔三更酒意濃」承接第三首的第二句和第三句，同首的第三句「水風搖柳頻相和」映襯第三首的末句「浩歌蘇白隄」。這四首詩環環相扣，構成一個完美的圓，因此既是組詩，又是一首獨立的詩。滿銘先生此種創舉，或許淵源於他對於篇章結構的敏感度很強，自然而然形成的。

鍾嶸在《詩品．序》云：「詩有三義焉：一曰興，二曰比，一曰賦。……宏斯三義，酌而用之……是詩之至也。」又說：「吟詠情性，又何貴於用事？……觀古今勝語，多非補假，皆由直尋」，旨在說明吟詠之章要兼顧賦比興，更強調眞性情之作，不重虛假之詞藻。持此觀點以視滿銘先生的詩，雖不中亦不遠矣。他的詩多半觸景而生情，因情而起興（劉勰《文心雕龍》云：「興者，起也」），直賦其事，兼用比喻，可說三義兼顧了。余觀滿銘先生之詩，不僅是學者之詩，亦是性情中人之作也。

詩無定詁，因人而異。謹就披覽所得，略書於上，仍待方家之補苴也。是爲序。

丙申年伏月　胡爾泰謹序於臺北

自序

由於從小就喜歡詩詞，東哼哼、西背背地，雖不甚了解它們的涵義，但總覺得很容易由此脫離現實世界，投入廣大之虛時空，朦朦朧朧地憑直覺捕捉它們的美，而深受感動，因此一有時間就陶醉其中，而樂此不疲。

所謂「詩莊詞媚」，「詞」是比「詩」更能以它靈動的姿態吸引人的，所以當時很自然地漸漸就有比較偏愛「詞」之傾向。而在「詞」的園地裡，一開始比較喜愛善於白描之李後主與李清照，後來則特別喜歡善於「言志」（身世之感）的蘇東坡與辛稼軒。就在這種偏愛之促使下，單以專著而言，先是於民國五十六年寫成了碩士學位論文《稼軒長短句研究》，然後在民國六十年撰成了升等為副教授之論文《蘇辛詞比較研究》。這兩本論著對後來由系（臺灣師大國文系）安排擔任大三「詞選及習作」與大四「專家詞」之課程，是有直接關聯的。正因爲要指導、修改學生的「習作」，而自己如果沒有創作之經驗，是會大感心虛的，所以也勉強塗鴉了幾首，卻很可惜只留下了作於民國六十七年的一首長調〈瑞鶴仙〉，而很奇妙的是，自己在大三時（民國五十年）的一首習作〈洛陽春〉居然也留存下來。這無論怎麼說，都不得不「恨少」，是讓人汗顏不已的。

實在說來，面對日常熟悉的環境，沒有強烈的創作欲望，應該是「恨少」之最大原因。記得第一次出國，是在民國七十六年的暑假，隨團到西歐旅遊，本來一點也沒有創作之打算，不料一到西歐，目睹不同的山水與人文景觀、感受不同的文化與藝術氛圍，卻引起了極大之震撼，於是在候機、搭機之暇，信手寫一寫，或於歸國之後追詠，共得詩一百一十三首、詞五闋。這可說是自然而然，不帶一絲勉強成分的。後來的多次旅遊，都是如此。而都很意外地，所作大部分是詩而非詞，這是受到格律限制的緣故：詩雖然也有嚴謹之格律要求，但比起詞的每一詞牌各有不同的長短句、平仄與韻叶來，顯然比較容易掌握得多。雖是這樣，因平常都沒有隨身帶韻書的習慣，所以押韻不合規矩之地方，還是無法避免的。

正因爲如此，出遊的次數一多，所累積的詞作有限而詩篇則逐年增加。不過，因一直忙於開發「章法學」（又稱「雙螺旋層次邏輯學」），爲其建構完整之體系，爲此已出版三十幾種專著，又於前年作階段性的總結，推出一套《辭章章法學體系建構叢書》十冊，且準備作跨領域之研究，繼續撰作《陰陽雙螺旋互動論——以「○一二多」層次邏輯系統作通貫觀察》與《中庸天人雙螺旋互動思想研究》兩種論著（兩書今正排印中），所以一直把吟稿擱在一邊，不敢出示於人。這種情況，詩人胡爾泰教授在兩年前知道後，便主動要求看看稿本，於是就趁機拜託他作一番校讎。有了這番「美容」，加上一再受到鼓勵，並答應賜序，便大膽地作了「醜媳婦終見公婆」之決定。

這本吟稿，總共收錄（自民國五十年起至一〇五年七月止）詩四百八十二首、詞十四闋。其中詩：七古二首、七律七首、七絕二百六十二首、五古十五首、五律六首、五絕一百九十首，詞：〈夢江南〉六闋與〈浣溪沙〉、〈長相思〉、〈天仙子〉、〈洛陽春〉、〈菩薩蠻〉、〈減字木蘭花〉、〈浪淘沙〉、〈瑞鶴仙〉各一闋。從中很明顯地可看出以七絕與五絕爲數最多，佔九成以上。而大家都知道詩以絕句最難寫，尤其是五絕更不易作得好；不過，寫作時最不花功夫，這在旅遊中要「急就章」時，是「偷懶」的最佳選擇，也因此使自己永遠都成不了眞正之「詩人」。

一般來說，詩作的「題目」越短越好，而這本吟稿由於敘寫各種特殊對象或情景，藉以留下眞實之遊蹤，如不增加一些說明，是不容易看清內容的，因此在「附註」之外又多了一些類似「副標題」之說明文字，這樣雖難免「礙眼」，卻不得不如此，還請大家見諒！

另外必須一提的有兩點：其一是這本吟稿中有五十六首詩與三闋詞是和一些朋友見過面的：其中詞作有三闋被推介於臺灣師大國文系《文風》四十八期（民國七十七年），而詩作則先有二首被引用於《國文天地》四卷六期（民國七十七年）、再有三十首收入《停雲詩友選集》（民國九十五年）、接著有廿一首被選入《姑蘇吟》總四十九期（民國九十七年）、五十期（民國九十八年）、五十三期（民國九十九年）、然後有三首被選入《詩繹蘇州》（民國一〇二年）。其二是這本吟稿的題目，定為「逍遙遊」，是老、莊專家又是詩人之傅武光教授建議的；《莊子》以此開篇，用現代話簡單地說，就是「超脫、自適、愉悅」的意思，取義十分美善，便很高興地接納下來。

通常人是習慣回憶的，就像一首民歌所唱的：「縱然是往事如雲煙，偶然你也會想起，那一段……日子裡，總有一些值得你回憶！」（〈寄語白雲〉）又何況在此將吟稿全部「出示於人」之前夕，默讀其中的每一篇，真是遊蹤歷歷，如在眼前，不禁心情起伏，思緒萬端。而想到終於有此機會讓相關親友重新分享你我共有的「那一段回憶」，尤其感動。能如此，要特別感謝的，自然是胡爾泰與傅武光兩位教授、詩人。此外，對萬卷樓圖書公司的總經理梁錦興先生之關切、副總經理兼副總編輯張晏瑞先生和編輯吳家嘉、邱詩倫、蔡雅如、林秋芬四位小姐之版面設計以及排版、校勘的用心與辛勞；還有對一般讀者之「不棄」，也都要連聲說：「謝謝！謝謝！」

陳鴻銘

序於民國一〇五年七月廿七日

目次

貳　港澳之旅……四四

參　神州之旅（一）……四八

玖　北京行

逍遙遊吟稿　壹　西歐之旅

民國七十六年七月二十八日，攜小女相君（時讀東吳大學會計系，將升大二），隨郭生玉教授所約集之多位教育界友人，參加玉江旅行團，由賴經理盈村親自率團，至西歐作廿日之遊，而於八月十六日回國。途中凡經英、法、比、荷、德、瑞士、義、奧等國，所見所聞既多，而令人感懷之事，亦自遭遇不少，因於候機、乘機之暇，信手塗鴉，或於歸國之後追詠，得詩一一三首、詞五闋，聊資紀念，並懷諸團友。

飛荷京阿姆斯特丹

初出國門，心情不免複雜。

七月二十八日夜

朝辭鬢屋老，夜上白雲高。萬里尋幽勝，不憂旌旆勞。

過境杜拜

七月二十八日夜

因思中東戰火頻仍，而此地卻享有和平，令人感觸頗深。

三更深窈萬燈明，巨翼旋臨杜拜城。堪羨區區稱樂土，中東幾處不言兵！

飛近歐陸

七月二十九日晨

在雲上盼得日出，覩見難得多彩奇景。

靄靄氈雲載曉煙，萬山綿亙杳無邊。驀然紅日伸圓首，一晌金光灑滿天。

降落荷京阿姆斯特丹機場

七月二十九日晨

波音入夜闌，航路苦漫漫。歐亞終飛渡，歡心拾夢殘。

阿姆斯特丹機場

七月二十九日晨

此一世界有名之機場建築，其規模之宏大，設備之新穎，視之中正國際機場，果然尤勝一籌。

道通千口映朝陽，成列波音待啓航。行客顏開忙出入，恢恢宏構令名揚。

溫莎古堡

七月二十九日中午

其一

溫莎傍古河，皇閣滿山坡。層塔鍾王氣，宮中韻事多。

其二

乍雨正霏霏，旋收弄晚暉。草坪尋古韻，欲去又依依。

溫莎古堡附近御用馬道

七月二十九日下午

御用馬道，長而直，直通天際，而兩側草坪寬廣，林木蒼翠。

道直如長矢，草馨饟古城。時見穿林犬，不聞赤驥聲。

倫敦西敏寺

七月三十日上午

寺之正面，有四錐形尖頂，而拱頂下則裝有一片彩色琉璃，甚為耀眼。據導遊介紹，安息於此者，計有英國歷代帝后、名臣，及各國文學家、藝術家與名伶等，在肅穆莊嚴中參觀，令人低徊不已。

巖巖錐柱立崢嶸，一拱琉璃護眾英。峻業從來知幾許？纍纍碑上仰鴻名。

白金漢宮衛士換班儀式

七月三十日上午

儀式古老而莊嚴，從中依稀可見此一日不落國之光榮歷史。

帽黑髟茸褲黑長，紅衣白帶氣軒昂。莊嚴管樂齊行列，古道依然踏步忙。

大英博物館

七月三十日下午

其一

立名畫「夢娜麗莎之微笑」前，因忙於留影，遂失團友踪影。經一路追踪，最後終於希臘館前大廳歸隊。遂作此以自嘲。

急穿埃及過英倫，夢娜微微笑自陳。歸隊方旋希臘去，匆匆且逐碧羅春。

其二

館內珍藏古埃及木乃伊多具，悉由麻布摻以艾草，層層包裹而成。藉此實體，古今似得以一線遙接矣。

包裹固眞身，悠悠度幾春。越時來異代，怯怯看今人。

其三

參觀至中國館，見內藏我國陶瓷、書畫無數，琳琳瑯瑯，儼然一小故宮，令人倍感親切。惟一思及此批國寶，自八國聯軍之役後，即流落異邦，而璧還無日，又為之唏噓不止。

明畫宋瓷泛彩暉，悽悽異國久埋輝。淹留百載空遺恨，故土何年待璧歸？

倫敦鐵塔

七月三十日黃昏

此塔又名血塔，內藏舉世聞名之巨大金剛鑽，而其底側，則為舊囚房，曾監禁皇后、宗室大臣等多人，雖時隔已久，但陰森之氣仍在，且似乎依稀可聞當年斷腸人飲泣之聲，使人為之唏噓不已。

血塔高危步步營，爭窺巨寶價連城。幾番且問斜陽落，眾裡誰聞哽咽聲？

倫敦攝政公園

七月三十一日晨

其一

雨後遊園。園寬而深，內多草地、綠樹、雜花與新鮮空氣，而少遊客。漫步其間，觸目皆美景，似專為吾等而設然，令人心身俱為之一暢。

團團花簇綴芳茵，雨霽煙收樹色新。天獨多情鍾我輩，從容彳亍少閒人。

其二

在園中特為小女相君，以園外之倫敦鐵塔為背景攝影留念。

塔高宛若山，籬樹繞園閑。芳草連雲去，人在錦繡間。

其三

因愛此園遼闊清幽，遂發移園至國內之奇想。

雨潤平林濕翠塗，香迴紅紫繞青蕪。動天但使愚公在，教挾茲園朝夕摹。

倫敦杜沙夫人蠟像館

七月三十一日上午

其一

館內展出今人蠟像多具，均栩栩如生，不易分辨其真假，因戲與之留影並作此。

塑假成眞歎巧裁，蠟人群裡久徘徊。興來相倚頻留影，圖得鄉親汗漫猜。

其二

於館內一展覽室中見一美麗小姐立於蠟製大力士旁，攝影留念，搭配甚奇，因作此以戲之。

力士立迎賓，嬌娃笑掩脣。依偎如稚鳥，妬煞眼前人。

巴黎羅浮宮

八月一日上午

其一

參觀時深為古希臘勝利女神雕像所吸引。女神身披薄紗，因受風受水，致紗上水痕、褶紋，俱隨體態而變化，纖毫畢現。其雕塑之技巧，即此而論，已足以令人歎為觀止。

海風獵獵蕩仙姿，浴水輕紗貼玉肌。斧鑿纖毫傳逸韻，千年埋恨有誰知？

其二

在維納斯女神雕像前，攝影留念。此一女神像，裸露上身，豐美光潤；小腹以下，圍以長裳，下垂至地，其褶紋之變化，視之勝利女神，猶勝一籌；而面目含情，尤為端好。惟兩臂俱缺，殊可惋惜！

欲滑長裳貼腹環，褶痕搖浪散微瀾。嬌顏奪盡人間色，何事淒淒玉臂寒？

法國凡爾賽宮

八月一日下午

其一

宮極深廣，室室皆金碧輝煌，耀人眼目；而所藏壁畫及其他藝術珍品無數，尤令人嘖嘖讚歎。惟思及其一絲一毫皆成自民脂民膏，又為之感慨不已。

皇皇巨殿設重扃，稀世珍奇滿御廳。毫髮由來歸帝力，哀聲隱隱有誰聽？

其二

在後花園，以噴水池為背景，與幾位團友攝影留念。時池水噴向四面灑落，遠觀之，有如細柳千垂，於是客思不覺油然而生。

斜日輝輝夕氣清，千紅萬紫一園明。噴泉紛灑如垂柳，縷縷牽風動客情。

其三

立於法王路易十六皇后瑪麗·安唐妮畫像前，見其人於嫵媚中透出無限英氣，卻在法國大革命時被送上斷頭臺，因感於其悲慘命運而作此。

峯舉秀眉顰，睛清殊有神。司晨終有禍，惻惻恨無宸。

巴黎凱旋門　八月一日黃昏

門位於香舍麗榭大道之盡處，立於其下，驚其厚重莊嚴之餘，思及在其俯瞰下法國歷史軌道之發展綿延，又不禁令人為之感觸萬端。

其一

凱旋穆穆扼西東，石疊門高倚碧穹。看盡興衰多少事，默投巨影夕陽中。

其二

林圍高闉九衢通，攘往熙來永不窮。曩昔歡聲何處聽？日搖樹影起秋風。

巴黎香榭大道　八月一日黃昏

與團友共漫步於大道上，見道旁多處露天咖啡座，有眾閒人，正一人一座沐浴於斜暉中，意態至為悠閒，於是心嚮往之，亦亟思一坐，以享「一人一椅對斜暉」之樂。

咖啡座畔少徜徉，道入康莊過客忙。最是奇觀堪羨煞，雅人閒坐送斜陽。

遊巴黎凱旋門香榭大道後　八月一日黃昏

與眾團友圍坐於樹下長椅上，而由小女相君攝影留念，為作此。

一行街木萬枝齊，綠蔭斑斑日落西。為愛餘涼群倚坐，共留閒趣在巴黎。

比京舊萬國博覽會會場　八月二日下午

其一

場內除有一棟建築物，一座原子大樓模型與數座噴水池外，又有廣大之草坪，並巧植各種花木於其上，景色至為怡人，使人置身其間，精神為之一爽。

坪上茸茸百草生，泉噴成束水煙輕。葱蘢佳木添涼意，分外歊歊午氣清。

其二

立於舊萬國博覽會場池畔，以展覽大廈為背景，與鄭婧娥、林素娟兩位老師合影留念，因作此。

曩時萬國聚西東，博覽樓高聳碧空。客倚芳池閒俯仰，雙娥偎伴共清風。

布魯塞爾廣場

八月二日黃昏

與林素娟、翁淑芳兩位老師合影於廣場拱門前，特戲作此為紀念。

花木綻清芬，廣場聚鴿群。紅顏雙倚笑，白髮自醺醺。

尿尿小童

八月二日夜

據說如今各國均為其添置其本國衣裝，以為替換之用。在此，國際之仇恨似已化為烏有，因欣然攝影留念。

膚色歷風霜，衣披萬國裝。涓涓流不盡，紓恨入重洋。

抵荷京阿姆斯特丹乘汽艇遊運河

八月三日下午

與眾團友共乘汽艇遊運河，以觀覽此一著名花都風光。途中巧遇雨，至港口附近而止。雨止後，周遭景物益顯清新，令人精神為之一爽，因攝影留念並賦此。調寄

〈浣溪沙〉。

夾岸畫樓疾倒馳，趁風輕艇傍花飛。掀濤霎雨雪成堆。　河盡海深天宇淨，山遙水闊暮煙微。無邊好景共斜暉。

阿姆斯特丹廣場

八月三日夜

偷閑攜小女相君，陪林素娟老師席坐阿姆斯特丹廣場，彼此拋心話家常，有不知在異邦之樂。

偷閒坐廣場，絮絮話家常。初識猶親舊，不知在異鄉。

阿姆斯特丹近郊鮮花拍賣市場

八月四日上午

場地寬而深，每日自天未明起，由各地運來之鮮花，皆在此包裝、拍賣，於當日空運至各洲銷售，其產銷作業之完密快速，令人敬佩。

其一

蠢蠢列車長，鮮花滿市場。霎時千里散，跨海播芬芳。

其二

彩浪接天涯，名花暗怨嗟。清朝辭故土，日暮到誰家？

荷京近郊木鞋製造廠

八月四日上午

其一

廠設於一片草原上，而草原上溪流遍布，且有數架風車，或遠或近，點綴其間，景致至為美好。置身其中，塵俗之氣為之盡去。

平蕪萬畝曉煙開，碧水千彎入草萊。幾處空車旋緩緩，一襟閒逸好風來。

其二

廠外一片綠野，上有瓦舍、溪流與風車巧相點綴，風景絕美。

白雲映綠洲，紅瓦傍清流。野曠風車遠，日晴好漫遊。

其三

廠附近有湖，可行舟。湖旁並留有三大風車，供遊人參觀；而對岸則為小型花園別墅區，皆綠牆白窗，甚為雅緻美觀。余與小女相君，背向風車，立於岸邊觀賞，同團陳校長義明特為攝影留念。因作此。

千頃平湖起翠煙，數排綠屋出花巔。客來背倚風車立，破浪飛舟穿眼前。

自阿姆斯特丹搭機赴西德漢堡

八月四日下午

自機上俯瞰，見荷蘭海岸線多由堤壩連接而成，整齊異常。而堤壩之內，沼澤處處，且有部分正形成綠池。導遊賴盈村先生曾曰：「荷蘭有不少土地，係由荷人與海爭地而得，今人但見花開穠豔，卻不知其原為汪洋大海！」徵諸此，可知其言不誣。

築壩修堤綠澤生，菁菁野草繞塘榮。蒔花待得紛開日，春色誰知出碧瀛！

西德漢堡

八月四日下午

市區道路縱橫，路旁遍植青草、花木，令人爽心悅目。導遊賴盈村先生曰：「此為一著名公園都市，樹生於此，長至一定程度，皆予編號，享有樹權，人不得任意摧殘，否則以犯罪論。」余感而作此。

康衢四達綠無涯，無限芳茵遍地花。樹樹高來欣入籍，勤將涼意散人家。

西德漢堡森林公園

八月五日晨

其一

園內天然與人工兼顧，森林、草原、花圃與人工湖，皆應有盡有，使人置身其中，樂而忘返。

蔓草侵塗識舊香，森森古木聳千章。林窮煙起驚疑處，萬柳垂湖漾曉涼。

其二

同團林素娟與李蘋兩位老師攜手共遊西德漢堡森林公園，不意迷失於園中，後幸得日本旅客之助，始得以安返旅館，一時引為笑談。因作此以記其事。

相約侵晨覓白紅，雙嬌花裡困迷宮。出園虧得扶桑客，添取歡譚逆旅中。

遊西德漢堡市　八月五日上午

於湖邊，携小女相君，與郭素靜女士及鄭嫦娥、林素娟、翁淑芳等老師，以湖為背景合影留念。

一湖水碧翠煙中，幾抹雲藍貼遠空。綠岸人來添赭紫，衣牽弱柳柳牽風。

自西德漢堡乘坐火車經東德赴西柏林　八月五日下午

沿途見東德鄉野、麥田與草原遍布，且時有簇簇牛羊點綴其間，景色至美；而其人工建設，則極為落後，與西德所見，判若天淵，同行江應龍及董俊彥兩位教授齊聲歎曰：「此地惟自然風景佳耳！」余亦為之感慨良久。

輕車越界入東疆，幾處芳郊幾簇羊。看盡惟推風物好，麥黃香裡歎興亡。

柏林圍牆　八月五日黃昏

登上圍牆觀望臺，見一牆之隔，竟成另一世界，感觸良多。

三十年來道不通，天涯咫尺判西東。冬寒凜冽豈長久？一旦春回冰自融。

法蘭克福近郊度假旅館

八月六日下午

其一

館四周有草坪，與一片麥田鄰接，鄉野氣息極濃，因於飯前，與眾團友群集草坪上，或立或坐，沐浴斜陽，並特請董教授俊彥攝影留念，遂作此。

碧空如洗晚添涼，三五芳坪坐夕陽。最愛青籬斜隔路，一心護得麥飄黃。

其二

晚餐後與幾位團友在法蘭克福市郊度假旅館旁草坪上，高舉雙手，盡情歡躍，以迎接低垂之夜幕，特由小女相君攝影留念，因作此。

彩霞落樹梢，暝色滿芳郊。草軟齊騰躍，歡然俗慮拋。

其三

餐後與多位團友共同漫步於館旁草坪上，暢談日來遊歐趣事，其樂也融融。未幾，暮色四合，將歸寢，獨林素娟老師，猶流連忘返，哼歌自醉，恍若置身無人之境，情景至美，因賦此以貽之。調寄〈菩薩蠻〉。

草香郁郁金風軟，麥黃一片粘天遠。緩步繞芳茵，露滋無點塵。　遊歐多少事，歡敘情無既。回首失伊人，輕歌斷續聞。

其四

八月七日清晨，獨自漫步法蘭克福市郊度假旅館旁草坪上，默尋昨夜遊蹤，心生感觸，因作此。

日曉草籠寒，夜凝露萬丸。興來輕蹀躞，珠散憶前歡。

其五

清晨漫步於館旁麥田間。偶上一路橋，見周圍公路四通八達，間或有汽車穿橋而過，轉眼即消失於山前，其速度之快，實生平所僅見。

麥穗翻千浪，迢迢路縱橫。聞聲車已杳，迤邐曉山明。

海德堡古堡

八月七日上午

其一

由法蘭克福乘車赴瑞士盧琛，途經海德堡，登山上古堡遊覽。自山上俯視，見市區瓦屋櫛比，左右有兩山夾峙，而一彎濁流則穿中而過。其古樸面貌，似乎絲毫未受現代科技之影響，謂之今世外桃源，誠不為過也。

綠圍千屋瓦，虹臥小黃龍。世外無年月，山城古意濃。

其二

參觀山上古堡。於堡上，林素娟老師出示所購海德堡寫生畫，見其線條明快，十分清麗，因與之並倚矮牆，持畫與實景比對。時江教授應龍側立於背後，攝影留念，而於歸國後，承蒙江教授贈以照片，遂題此。

閒倚低牆對翠屏，臨空遙指認丹青。圖將勝景懷歸去，坐擁山城傍畫櫺。

其三

登山上古堡，與張淑緩、鄭梅合、李蘋、林素娟等四位老師及小女相君，留影於噴水池前草地上，背景除噴泉、花草外，又有數株大樹，極為優美，因戲作此以為留念。

縷縷飛泉散彩虹，風吹水霧細濛濛。花開穠豔紅欺綠，千樹連雲翠拂空。

遊西德海德堡市區

八月七日上午

市區街道縱橫，均由方形塊石鋪砌成圖案，十分美觀舒適；而道旁房舍尤其古樸雅緻，令人喜愛，因與三五團友漫步其間，享受片刻閒逸之趣。

其一

成排方石遍街衢，正正斜斜巧織圖。雨打風吹經幾許？堅完光潔好踟躕。

其二

縱橫綺陌若無端，屋舍毗連接翠巒。閒步搜奇多勝趣，神遊古國樂盤桓。

海德堡大學

八月七日上午

校舍與民房相連，了無界限，且規模不大，而建築亦極尋常，卻為世界培養出包括諸貝爾獎得主在內之無數傑出人才，令人為之肅然起敬。

尋常黌宇出通儒，無畛無垣跨路衢。自古令名揚世界，不分膚色聚睢盱。

萊茵瀑布　八月七日下午

由海德堡赴盧琛途中，下車參觀萊茵瀑布。此瀑布雖不高卻寬廣，水在煙霧瀰漫中瀉入深潭，氣勢頗為雄偉。

萬馬騰空不染塵，山腰蹴雪瀉萊茵。織簾高掛添潭碧，孕得欣欣草樹新。

海德堡赴瑞士盧琛途中　八月七日下午

沿途但見曩時習見於月曆圖片上之西歐山水清景，皆一一呈現於近前，令人有如置身於仙境之中。於是眾團友齊以歌聲禮贊之，而余亦為之陶然忘機。

其一

綠氈起伏貼千巒，一鏡浮嵌翠谷間。幾樹成叢環瓦舍，飄然疑夢入仙山。

其二

清幽紙景羨千回，歷歷今朝入眼來。水意山情收不盡，輕歌聲裡下崔嵬。

登鐵力士山賞雪　八月八日上午

其一

由瑞士盧琛抵鐵力士山山下，乘纜車登山賞雪，由郭素靜女士與鄭梅合、李蘋、鄭嫦娥、林素娟、翁淑芳等老師及小女相君，結隊進入雪洞探秘，別得一番趣味。

雪洞迴環倚碧空，銀妝世界有迷宮。壁堅地滑籠寒氣，抖擻搜奇興不窮。

其二

與鄭嫦娥老師半臥於雪地上合影留念，作此以貽之。

巍巍上雪巔，擁絮欲摩天。霧散疑香夢，嫦娥坐倚肩。

其三

於雪地上為翁淑芳老師攝影留念，作此以貽之。

太古雪留痕，愔愔度曉昏。人來爭秀色，鏡裏更銷魂。

其四

登鐵力士山時，惜天陰不開，致雪地上煙霧繚繞，影響視線，令人深以為憾。所幸，天公竟作美，於下山前，特放光明，使眾遊客為之歡呼不已。

雲鎖層峰未解晴，蹒跚踏雪霧中行。騰歡最是金光瀉，遍惹銀輝閃閃生。

其五

回程於纜車內，為林素娟老師攝影留念，並作此以貽之。

億載雪光融，漫漫籠太空。攬奇車緩落，人在畫圖中。

其六

下山後，立於小溪旁，見溪水源自雪峰，分外澄澈，犇流不斷，甚喜之。

石底清溪照影眞，逶迤綠岸草尖新。泠然韻遠來峰頂，融雪涓涓過幾春？

其七

下山後，見林素娟老師立於小溪旁，由小女相君代為攝影留念，取景甚美，因作此以貽之。

巧點弓彎分外嬌，佳人閒倚雪峰遙。臨流鳳立嫣然笑，羞得名花金步搖。

小憩瑞士盧琛湖畔

八月八日下午

其一

攜小女相君，偕郭素靜女士及林素娟老師，小憩瑞士盧琛湖畔，一時水光山色，競來相娛，因留影，並賦此以為紀念。調寄〈夢江南〉。

山色淨，一鑑碧連天。片片白帆風力弱，瀰空野鴿起湖邊。人共晚霞閒。

其二

在湖畔為林素娟老師攝影留念，作此以貽之。

遙嶺浮山翠，近湖漾水青。佳人臨岸立，樹下影娉婷。

途經瑞士山城露加諾

八月九日上午

獨自一人循岸漫步於湖邊樹下，望外得悠閒之趣。

籬樹青青繞碧灣，小城偎水傍群山。迎風瀕岸徐蹓躂，滿目清新意自閒。

途經義大利米蘭市 八月九日中午

於米蘭午餐後，見街角有一西瓜攤，眾團友均盼能一嘗異國風味為快，於是由導遊賴盈村先生作東，人手一片，大啖解饞。食畢，皆大呼過癮，以為不讓臺產專美。

累累西瓜疊若巒，饞來大啖坐街攤。胭脂染齒香沾頰，留取歡聲在米蘭。

水都威尼斯 八月十日上午

其一

乘船遊威尼斯。沿途時見舟人，手執長竿撐船，穿梭於縱橫交錯之水道間；而水上則偶有海鳥飛掠而過，似為沒落之水都作哀鳴，令人感觸良深。

縱橫船道水茫茫，長槳輕搖撥水忙。沿岸遊觀尋舊跡，謾聽海鳥說興亡。

其二

在人潮洶湧中，一路但見兩旁建築，多已破舊不堪，且日漸下陷，致門階半入水中。全城除商店外，幾乎無人居住，沒落之象，極為顯著，因思今後遊人如欲追索其昔日風采，當惟有賴諸圖書矣。

慕名遠客逐飛鳧，乘興輕舟探水都。古韻茫茫何處覓？可憐汗漫入虛無。

其三

參觀水都威尼斯道奇宮時，意外睹見聞名已久之貞操帶，一時心生感觸，因攝影，並作此。

此物從來耳語傳，匆匆一見意悁悁。設非情愛堅如石，帶鎖千重亦枉然！

其四

參觀威尼斯道奇宮地下監牢。道奇宮為舊總督府，凡罪犯在府內判定罪刑後，皆通過著名之「歎息橋」歎息入牢。牢房皆低矮狹小，昏暗異常，雖廢棄已久，然仍有一股陰森之氣襲人，使人為之毛骨悚然，久久不止。

石牢低窄靜陰陰，鐵鎖重門氣肅森。道接斜橋空歎息，幾人俯首恨忱忱？

其五

於參觀水晶玻璃廠後，至廣場，見同團諸友多效兒童，將飼料置手上，以逗來群鴿為戲。一時頑心大萌，因亦隨林素娟老師加入行列，並蹲身伸掌以待啄食，於是俗慮為之盡消，而望外得忘我之樂。小女相君適在旁，特加攝影留念，遂題此。

伸掌招群鴿，旋西又轉東。忙來塵慮盡，堪笑老頑童。

翡冷翠米蓋朗基羅廣場

八月十日黃昏

其一

在廣場瞻仰大衛雕像。像全裸而威武懾人，因攝影留念，並作此。

寬肩浴日紅，張足立秋風。舉目青空望，威吞萬世雄。

其二

自廣場俯瞰百合花都翡冷翠，見市區由阿諾河分為兩半，兩岸房屋櫛比，一色赭紅屋頂，或高或低，或圓或尖，連接漠野，直達遠山雲深處，在花樹、橋樑之點綴下，與晚霞交相輝映，充滿詩情畫意，令人心動。

瓦紅櫛比罩山城，碧水穿橋夕浪輕。百合花開欺綠樹，彩霞輕落化詩情。

登比薩斜塔　八月十一日上午

其一

塔為圓形建築，四周繞以大理石小圓柱，凡八層。登塔時，人愈登至上層，愈覺其傾斜，而愈為之膽寒，因經驗難得，故攝影留念，並作此。

斜塔聳雲端，層登興未闌。臨高危欲墜，陣陣足生寒。

其二

登上塔頂，與翁淑芳老師於大鐘前合影留念，因題此。

仗膽登高塔八重，雲齊斜頂坐依鐘。無窮清景爭相指，欣得佳人伴老容。

比薩赴羅馬途中　八月十一日下午

因沿途所見景物，皆大類臺灣，思鄉之情，不禁油然而生。

暑午炘炘浴豔陽，車驅羅馬路偏長。周遭物候驚相識，風暖草薰思故鄉。

古羅馬郊外馬車通道

八月十二日上午

通道直而長，兩旁留有纍纍古塚。而塚中之人，其姓名雖多可辨，然其生前事卻大都不可得而知，令人為之歎息不止。

古道小徘徊，荒郊墓幾堆。碑前拼姓字，身世已成灰。

羅馬鬥獸場

八月十二日上午

其一

面對鬥獸場，閑尋舊跡，想見古羅馬昔日暴虐情景，不覺愴然！

殘垣斷壁有餘驚，鬥獸場前意不平。曩日歡囂堪聽取？眾門矗矗悄無聲。

其二

參觀古羅馬廢墟，但見在殘垣斷壁中，僅留兩座凱旋門依舊遙遙相對而已，因感慨今昔而作此。

當年凱撒逞神威，凜凜千軍破敵歸。萬眾歡呼騰夾道，祇今惟見赤塵飛。

其三

廢墟內除凱旋門依然矗立，堪稱完好外，餘皆殘敗不堪。立於墟側，撫今追昔，令人感觸萬端，遂賦此。調寄〈浪淘沙〉。

荒院晚風涼，塵土飄黃。愔愔斷壁倚殘牆。道接門高傷寂寞，空對垂楊。
無語歎興亡，勝迹茫茫。當年凱撒爲誰忙？目斷秋光思古國，立盡斜陽。

維也納美泉宮

八月十三日上午

其一

隨團排隊購票，依序登階參觀美泉宮。宮依法國凡爾賽宮形式建築，而規模略小。其中除陳列宮廷用具外，珍藏無數皇族畫像、生活畫及史畫，皆逼真而生動，儼然一部奧國數百年來興亡史，令人為之感慨良久。

寸步徐移玉陛崇，熙熙攘攘探深宮。堪憐多少興亡事，分付牆間畫幅中。

其二

參觀美泉宮後，與多位團友同遊後園。園內遍植花木，而其正後方遠處為一丘山，尚留一排城垣、拱門於其上，且四周有翠木環繞，景色至佳，因合影留念並作此。

錦簇花團映曙瑰，古垣一片立崔嵬。興高躧步尋幽趣，此樂人生得幾回？

舊藍色多瑙河

八月十三日下午

遊維也納近郊，途經聞名於世之舊藍色多瑙河河畔，見其兩岸草木蒼翠，而河水尤為澄澈，明可鑑人，於是藍色多瑙河之名曲似乎泠然縈廻於耳際。

其一

岸草搖風風動樹，倒空浮水水流雲。碧寥上下懸清景，曲意盈盈入浪紋。

其二

碧樹千叢倒入潭，水涵清影綠如藍。風來颯颯飄遺曲，多瑙河邊古意酣。

維也納近郊人工地洞

八月十三日下午

其一

此人工地洞，洞道四通八達，其底層則因日久積水而成湖。洞係希特勒於二次世界大戰佔領奧國時所開鑿，用以秘密製造新型軍機，所幸洞成未久，即為俄機所誤炸，致事洩作廢，使諸多生靈免於塗炭，此非天意而何？感而作此。

甬道蜿蜒貫廣衢，層深岩洞半沈湖。設非化力昭天巧，多少冤魂白骨枯。

其二

與諸團友共乘小艇遊地下人工湖。湖廣而深，曲折迴環，舟行其間，有如置身於迷宮之中。一時奇景入目，眾團友不禁縱懷高歌，使湖上陰冷之氣為之一掃而盡。

輕舸入迷津，神工歎絕倫。清歌聲不住，漾就一湖春。

維也納森林小道有懷約翰史特勞斯

八月十三日黃昏

疾車穿古道，千樹欲翻紅。曖曖秋林晚，何處覓遺風？

維也納近郊葡萄園

八月十三日黃昏

園設於廣大斜坡上，綿連起伏，通於天際。車行其間，令人心曠神怡。

葡萄樹矮遍郊園，綴綠千行接草原。地曠天低坡起伏，車行迆邐晚風暄。

在維也納市立公園內欣賞露天音樂演奏

八月十三日夜

在園內與來自各國之佳賓，共同聆聽為時六十分鐘之露天音樂演奏。所演奏者全為約翰史特勞斯之圓舞曲，曲曲旋律動人，且於柔和之燈光下，香檳郁郁，而又益以奧國男女舞星及來客之翩翩妙舞，氣氛極為優美閑雅，令人為之寒意盡消，而依依不忍去。

裊裊絃音繞綺筵，尊前鴛侶舞蹁躚。客來異國尋幽韻，共惜香檳聚偶然。

過境阿姆斯特丹回國有感

八月十四日

自維也納過境阿姆斯特丹，結束旅歐行程回國，內心不免百感交集，因作此。

其一

歌聲傳厚意，攜手共尋幽。廿日歡情洽，何當續勝遊？

其二

萬里三秋盡，千歡一夢中。去來如轉瞬，聚散恨匆匆！

其三

多樹多花多碧水，天藍雲白日輝輝。涵千孕萬傳風雅，遍地晶瑩囊載歸。

其四

飽貪流景綺窗前，最是臨歸又復旋。恰似青山看不厭，敬亭重會是何年？

過境新加坡　八月十四日下午

自荷京阿姆斯特丹機場起飛，至十五日下午飛抵新加坡。雖停留此地僅十數小時而已，卻足以見出新加坡以蕞爾小國而被譽為亞洲四小龍之一，洵非倖致，因作此。

街衢添綠草生香，精衛一心填海洋。蕞爾龍騰雲霧潤，名揚寰宇是炎黃。

歸國有感

參加玉江旅行團遊歐歸來，形雖累而神猶旺。凡旅中情景，皆眷眷不能忘。一日，與二、三賢友閒話旅遊，適傅兄武光教授方遊東南亞歸，歎曰：「旅中誠不知今日何日」，而黃兄志民教授則接口道：「古人言『山中無日月』，此即所謂『他鄉無日月』也。」余深以為然，因作此。

他鄉無日月，經眼盡恢奇。歸罷驚遺累，多情笑自知。

歸國後與團友聚會　八月二十九日晚

其一

八月二十九日下午六時，由玉江旅行社經理賴盈先生約請遊歐團友，至師大綜合大樓地下餐廳，參加歸國後首次聚會，皆盡興而歸。

適旬輕握別，離思正忡忡。重聚歡如舊，席前笑不窮。

其二

十月三日下午六時，與多位團友小聚於臺北市松江路「靜園茶坊」。十人圍坐，一面品茗，一面傳觀歐遊照片，或爭誇技巧，或漫話人生，其樂融融，因作此以為紀念。

倚坐茶爐共燭紅，紛紛紙上覓飛蓬。一姿一態爭誇好，無限溫馨笑鬧中。

其三

（一）

十一月二十八日黃昏，遊歐諸團友於雨積風狂中，驅車赴陽明山空軍招待所，參加歸國後第三次聚會。感於與會者盛情，特作此以為紀念。

雨幕搖風疊浪生，車行崴嵬上陽明。任他冽冽寒流酷，難卻歐遊故友情。

（二）

十一月二十八日夜，與遊歐諸友小聚於陽明山空軍招待所。於八時許，突然斷電，因圍坐於大廳右隅，燃燭共話旅遊諸事，氣氛極為融洽、溫馨，與廳外之寒風淒雨，恰成強烈之對比。

乍然燈滅笑聲中，圍坐廳堂共燭紅。漫話歡遊千樣事，不知狂雨不知風。

（三）十一月二十八日風雨之夜，在燭光中，與李蘋老師合影於陽明山空軍招待所大廳，作此以為紀念。

敲窗風雨急，映面燭光柔。並坐欣留影，凝神憶舊遊。

其四

（一）十一月二十九日上午，本欲與多位團友共遊陽明山公園，卻因風雨交加而未果。遂由吳家駒先生駕車作前導，至白雲山莊「蘭園餐廳」暫避風雨，並進午餐。此餐廳依山而建，向外一面全圍以玻璃，由此可俯瞰士林、天母及淡水河，視野極其遼闊，眾人皆欣然樂，因作此以為紀念。

玻璃圓屋枕雲峯，草樹迴環綠意濃。近覽千衢如網密，遐牽一水碧溶溶。

（二）十一月二十九日上午十一時，與多位團友避雨至陽明山白雲山莊「蘭園餐廳」。時廳內無一顧客，於是眾人欣然而入，齊倚窗前，俯瞰山下勝景，而由李蘋老師指認其士林居第，並介紹周遭學校機關。正辨認間，忽聞吳家二小千金之甜美歌聲，令人不得不側耳傾聽。因作此以記其事。

避風幽境絕紅塵，遙指芳居認綠茵。最是驚奇回首處，童歌繚繞四隅春。

機上懷遊歐諸友

民國七十六年十二月四日，隻身自高雄乘下午二時十分之華航班機回臺北。飛機由滑行而起飛，上衝而下俯，雖所見與旅歐時微異，然感覺上，仍如同身置於西歐也。因作此以懷遊歐諸友。調寄〈夢江南〉。

斜陽麗，旋翼跨江流。上撥雲氈如絮白，下臨綠野接芳洲。能不憶歐遊！

巧逢江教授六八壽慶與遊歐諸友餐聚於梅軒餐館

民國七十七年三月二十六日下午六時，由郭教授生玉及夫人王麗霞教授作東，在臺北市林森北路「梅軒餐館」餐聚。以白校長方榮調省立玉井高中，且巧逢江教授六八壽慶，故席間喜氣特濃，祝賀之聲，不絕於耳，至九時三十分始盡歡而散。

燭照蟠龍追玉杖，春融玉井鬱青雲。團團瑞氣滿雕桌，歡盡梅軒酒半醺。

與遊歐數友小坐「夢中夢」咖啡廳

民國七十七年三月二十六日夜九時半，於參加「梅軒」餐聚後，偕李老師蘋、鄭主任嫦娥、翁組長淑芳與董教授俊彥，至民生東路「夢中夢」咖啡廳小坐。在昏黃燭光中，圍坐傾談，甚感歡暢。

郁郁咖啡似酒濃，氛氳旖旎憶相逢。夢中夢語相傾吐，喋囁三更訴不慵。

與遊歐諸友遊萬里

其一

民國七十七年四月六日上午十時三分，與遊歐諸友，由師大出發，往萬里作一日遊。雖天公不作美，但遊興絲毫不減。

天公依舊歛眉峯，綿雨霏霏曉霧濃。旅興由來天樣大，奔車萬里去從容。

其二

上午十一時四十分，車抵萬里，隨董教授俊彥至其建於山腰之別墅，閒談逾時，甚為歡洽，至下午一時離開。因冒雨來此相聚，盛情可感，遂作此以為紀念。

風煙淡淡起山隈，嶺上頑雲撥不開。最是歐遊隆摰誼，漫天風雨故人來。

其三

下午二時四十分，在萬里用餐後，先順道送董教授俊彥至金山青年活動中心，再取道陽金公路返臺北。車在煙雨中徐徐爬高，別具一番情趣。

細風吹霧弄輕陰，雨灑陽金潤翠林。一路清歌聲不斷，穿山過嶺入雲深。

其四

下午二時四十分，由萬里鄉駕車返臺北。於四時途經陽明山後山公園，因一時興起，遂偕郭素靜女士與林素娟老師兩人入園尋幽。由於雨方霽，園內幾乎不見遊人，而景致則大異於平時，尤其滿園杜鵑似解盛情，專為我等三人逢處綻放，令人身心舒暢至極。

雨潤春鵑霧作媒，朱朱白白逐叢開。群枝吐嫩爭相迓，不負殷勤結伴來。

其五

下午四時許，偕郭素靜女士、林素娟老師遊陽明山後山公園，拾級上觀望樓一覽雨後勝景，但見山嵐飄浮於近處，點黛設色，或濃或淡，極為美麗，儼然一幅國畫。正陶醉間，突然瀰天濃霧洶湧而至，圍於四周，滌人心胸，使人凡俗之念頓消。

濕嵐設色變青蔥，淺淺深深各不同。驀地連天堆絮白，蕩心一片氣濛濛。

其六

黃昏時偕郭素靜女士、林素娟老師，閒步於陽明山後山公園林間步道上。行至中途，偶回首，見林老師粉面泛紅，微沾香汗，似有意與道旁紅茶花爭豔，因作此以貽之。

石道穿林入寂寥，風迴山壁戲煙霄。忽聞香澤欣回首，人比花紅分外嬌。

與遊歐諸友歡聚「巨龍茶莊」

民國七十七年七月二十九日

其一

下午三時半與遊歐團有多人自師大驅車至烏來「巨龍茶莊」品茗。俟林教授礽乾送郭素靜女士至莊，共為郭女士慶生後，携手循莊側小徑下溪谷玩水戲沙，至暮始盡興返莊。因作此以為紀念。

徑通幽谷晚煙輕，亂石尖圓水碧澄。攜手褰裳辛跋涉，盤桓沙渚喜同行。

其二

下午七時於戲沙後，聚餐於巨龍茶莊半露天餐室。約八時，毛院長連塭及夫人鄭梅合老師突連袂而至，共為遊歐週年而歡慶，情況至為熱烈。

山肴茶酒盛開筵，翅翅飛蛾繞火旋。天放風涼澄客暑，歐遊情好慶週年。

其三

下午八時三十分，於聚餐後，由「巨龍茶莊」女主人親自泡茶待客，言語風趣，舉止優雅，特作此以貽之。

筍指柔伸巧執壺，煎泉滀沸沃雲腴。妙聲珠綴添茶話，襲襲清芬溢玉盂。

逍遙遊吟稿　貳　港澳之旅

民國七十七年二月六日，與周何、王更生、邱鎮京、尤信雄、廖吉郎、林礽乾、黃春貴、季旭昇、汪中文等教授先生，組團至港、澳作五日之遊，於十日下午回國。茲將所見所感，草成七絕十首，聊作紀念，並懷諸賢友。

香港上空俯瞰

二月六日上午

上午十時三十分，自中正國際機場乘國泰班機赴香港，於十二時半飛抵目的地上空。由空中俯瞰，見群嶼嵌於大海中，而其陸上建築物則泰半依山而建，高低大小，參差不齊，別具特色。

高樓櫛比聳參差，傍海依山布置奇。百嶼迴環收隱浪，千灣熨貼碧琉璃。

乘纜車上太平山

二月六日夜

乘纜車上太平山，觀賞著名之香港夜市，卻因山巔突起大霧，而未能一覽奇景，頗感遺憾。

夜纜委蛇上太平，幢幢危閣眼前傾。霧生俄頃終泱鬱，重鎖山巔不放明。

遊海洋公園

二月七日上午

其一

乘纜車上山，遊海洋公園。園面海而闊，內植各種花木，且設有多種遊樂設施，使人置身其中，樂而忘返。

登車環視野無疆，斜越山頭入海洋。水碧天藍烘日麗，春光流景任徜徉。

其二

參觀海洋公園水族館。館內設計新穎，備有各類水族，供人觀覽；尤其圍以玻璃之海水池中，養育大小魚種，不計其數。參觀中，偶見一大海龜背負二魚閑游，其樂也融融，甚奇之。

身潛深海隔玻璃，繞看群魚漾碧漪。最愛神龜馱兩小，穿遊水國共怡怡。

其三

水族館內見一櫃內展出疊成塔形之珊瑚，隙藏金線黑身小蛇多條，構成奇趣，引人注目。

珊瑚著彩布叢榛，積疊成山豔絕倫。穴隙藏蛇如柳細，時伸小首探生人。

其四

水族館內見展出水族多種，無奇不有，令人不得不為造化之神奇而讚歎。

扁短圓長狀貌奇，變顏鬥豔弄殊姿。源源生命存瀛海，探秘全功待幾時？

其五

在海洋公園觀賞海浪豚作各種表演，精彩絕倫。

搖鰭頷首過圈輕，水上芭蕾舞不停。高躍深潛如電抹，一泓池碧浪頻驚。

其六

在海洋公園觀賞高空跳水表演，其動作俐落，姿態優美。

危危背海頂雲皋，人立竿梢百尺高。曼妙身旋輕躍落，翩然碎碧漾微濤。

遊觀香港街景　二月七日黃昏

在香港海上夜總會，席設船上三樓窗邊，遊觀岸上五光十色之街景，別饒情趣。

繞岸霓虹色彩多，樓船撥水逐金波。市囂漸遠塵思盡，此樂人生得幾何？

自香港乘噴射船赴澳門　二月九日上午

上午十一時自香港乘噴射船赴澳門，於正午上岸用餐後，即乘車往邊界一探自由地區通往大陸之門戶。立於邊界大門前，誠有咫尺天涯之歎。

噴薄飛船出浪花，澳門在望水煙遮。駸駸泊岸馳邊界，故人咫尺歎天涯。

民國七十七年八月二十六日，與吳璵、余培林、許錟輝、邱鎮京、賴明德、董俊彥、賴橋本、傅武光等教授與藍小姐、劉老師等十數人組團，由江淑媛小姐率領，經由香港、赴廣州、桂林、上海、杭州、蘇州、南京、北京、西安，作「神州之旅」，於九月十一日返國。其間於諸多名勝古蹟，雖僅目接而已，卻已足以振發思古幽情與故國情懷。為記其梗概，得詩一百十二首、詞一闋，用懷故國河山與諸團友。

廣州飛桂林空中

八月二十七日上午

於機上俯見故國錦繡河山，情緒至為激動，久久不止。

其一

初臨如夢寐，雲上認珠江。旋目搜纖介，凝神入故邦。

其二

疊翠層巒映曉霞，綠郊坦迤著輕紗。粵江迂曲穿流久，孕得生靈幾萬家？

桂林南溪山

八月二十七日上午

由廣州飛抵桂林後，即遊南溪山，於石階上仰見一女性團友持紅傘，背山而立，構圖甚美，因為攝影並題此。

南溪一霎風，煙雨正濛濛。持繖如天降，桂娥立畫中。

七星公園

八月二十七日下午

於細雨中遊七星公園。園內有橋，名天柱。橋邊綠茵鋪地，花團錦簇，景色至美。因與導遊陸芳小姐以駱駝山為背景，共影留念。

天柱橋邊遍地花，駱駝迎雨戲彤霞。嬋娟來倚山前笑，歡然忘卻鬢雙華。

七星岩

八月二十七日下午

其一

此岩本為一地下河。今則成為岩洞，內孕各色鐘乳石，其中有二石相對，名曰「獅子回頭望駱駝」，甚為有趣。

岩洞深深一古河，七星鐘乳造形多。奇觀最是雙奇石，獅子回頭望駱駝。

其二

遊七星岩，出洞後遇雨，幸與廣東藉陸芳小姐導遊共傘，且留影於草坪上，特作此以謝之。

粵女如花笑靨生，駢肩共繖雨中行。綠坪駐足偎留影，桂木芳茵總是情。

遊灕江過黃布灘

八月二十八日上午

此灘以倒影出名，清袁枚有詩云：「分明看見青山頂，船在青山頂上行。」

黃布灘頭浪不驚，七峯迎客嫵媚生。畫前欣得隨園句，船在青山頂上行。

灕江船上

八月二十八日上午

其一

在船上特為導遊陸芳小姐攝影，並題此以貽之。

聲如鶯語軟，笑似好花開。嬌眼傳情意，羞紅暈粉腮。

其二

由桂林乘船遊灕江，得睹甲於天下之山水勝景，實人生一大快事。

（一）

簪青螺黛聳灕汀，曲曲重重如畫屏。倒影殷勤清浸水，載舟一路下滄溟。

（二）

高低巨細萬峯新，天宇雲深隱日輪。灕水漫漫舟緩緩，山臨陽朔秀無倫。

（三）

崔嵬峯柱杳難攀，虎兕牛羊雲水間。百怪千奇窮造化，桂山看盡已無山。

陽朔公園

八月二十八日中午

遊園時與橋本兄立於亭畔，以灕江為背景，攝影留念，因題此。

遙岸三峯曉霧收，悠悠一舫臥中流。風來叢樹鳴亭角，目醉神酣兩白頭。

桂林導遊陸芳小姐

八月二十八日

桂林導遊陸芳小姐為錟輝兄二度削梨，情意款款，特作此以戲之。

緣結灕江好，爲君兩削棃。但祈長念妾，魂夢共相攜。

桂林伏波山

八月二十九日上午

其一

山濱灕江，突起千尺，有懸石如柱，去地一線不合，相傳為馬伏波試劍所留。

突地蒼崖枕古河，垂懸石柱立峩峩。痕留線隙終難合，一劍神威憶伏波。

其二　雨中上山

拾階上伏波，煙雨傍山多。絕頂凌群嶺，千梳擁黛螺。

其三

於伏波山上小亭畔，持傘與女性團友，以獨秀峯為背景攝影留念，因題此。

紅染臨空檄，綠酣獨秀峯。兩相偎一晌，不厭雨溶溶。

伏波山還珠洞

八月二十九日上午

其一

洞內存有碑石，前賢題名、題詩其上，閱之使人留連忘返。

層城複道入還珠，試劍崖高削碧湖。石壁斑斑雕琢古，漫留名士好投壺。

其二

於洞內壁間見宋米芾自畫像，甚喜之。

石壁親圖像，人工勝化功。千年都一瞬，栩栩見南宮。

其三

壁間見宋劉恕題名，思及其與修通鑑之功。

深洞留行迹，壁前憶道原。名山心未了，通鑑一燈存。

其四

壁間見宋范成大詩刻，作此以懷石湖。

名帥翩翩醉捋鬚，鹿鳴詩就鏤還珠。書成桂海虞衡在，萬里尋幽愛石湖。

蘆笛（荻）岩　八月二十九日下午

相傳岩因古洞側產蘆荻草可用以製笛而得名

參差鐘乳壁間生，道曲宮深萬彩明。玉幔如林敲似鼓，遍尋蘆笛杳無聲。

象鼻山

八月二十九日下午

其一

灘濱來巨象，伸鼻入江流。日夜勤酣飲，悠悠過幾秋？

其二

山下有一洞，如月輪浮漾於水中，因名水月洞。宋蓟北處士有詩云：「水底有明月，水上明月浮。水流月不去，月去水還流。」

水月伴孤舟，飄飄上下浮。吟詩懷處士，月去水還流。

其三

與許兄錟輝、邱兄鎮京、傅兄武光，偕劉老師，留影於江畔，戲作此。

鼻穿水月出清泠，青染半山拔綠汀。臨岸芙蕖開一朵，飛來群鷺慕娉婷。

廣西師範大學

八月二十九日下午

此學府在獨秀峯下，原為明靖江王府，清改為貢院。民國初年，國父　孫中山先生曾駐節於此，因作此以懷　中山先生。

獨秀峯前一學田，皇皇殿閣樹參天。雨中信步閑尋古，貢院深深覓逸仙。

離桂林賦此以貽導遊陸芳小姐

八月二十九日下午

由桂林市區乘車赴郊外機場。導遊陸芳小姐特在車上以清歌數曲，並於機場入口處一一握手為別，盛情可感，因賦此以貽之。調寄〈憶江南〉。

流嬌眄，離思正深濃。珠綴清歌鶯出谷，柔荑輕握淚矇矓。能不恨匆匆！

上海黃浦灘

八月三十日晨

秋梧夾道墜黃遲，上海灘頭耀曉曦。十里洋場依舊在，幾多舊雨換新知？

由上海乘火車往杭州

八月三十日下午

其一

在車上劉老師特為削梨分送各團友而忙，作此以戲之。

削梨皮不斷，筍指運銀刀。巧笑勤分送，歡然意趣高。

其二

由上海乘火車往杭州，經馬王塘，書所見。

蒙茸綠毯覆仙鄉，四達田溝水路長。綠樹叢叢遮稼舍，輕車初越馬王塘。

西湖湖邊小亭小酌

八月三十日夜

夜八時與諸團友初繞西湖，於湖邊小亭小酌待月。

其一

似幻疑眞隱浪迎，晚妝西子幾分情。扶疏楊柳牽人住，萬頃波光待月明。

其二

初偎西子柳邊行，遙岸紅燈小似螢。望渡無舟空歎息，但憑尊酒到天明。

諸團友歡聚於西子湖畔

八月三十日夜

其一

腳踏鍾靈地，手摩夢裡湖。初臨如素識，默對久相濡。

其二

唱遍西湖水，舞開淡月天。千杯驚不醉，放浪似神仙。

其三

群仙齊放浪，夜半戲湖西。傾盡杭州酒，浩歌蘇白隄。

其四

湖畔三更酒意濃，清歌曼舞影重重。水風搖柳頻相和，倩得嫦娥露玉容。

夜聚西湖湖畔恰逢錟輝兄五四壽慶

八月三十日夜

培林兄云：「美人一笑足可佐酒。」

五十三年似夢輕，西湖巧聚月催明。偏偏莞爾催人醉，嫦娥多情共慶生。

遊西湖

八月三十一日上午

其一　遇霧

一湖清鑑起青鬟，三面仙山縹緲間。千柳垂簾輕弄曉，幾聲欸乃去舟閑。

其二　西湖十景之一：「三潭印月」

風迴荷綠嫋纖枝，幾曲雕橋跨碧漪。入目三潭疑夢裡，月圓何日印琉璃？

其三　西湖十景之一：「花港觀魚」

碧池清似鏡，花港坐觀魚。水底紅鱗聚，群遊戲綠藻。

其四

與眾團友漫步蘇堤，堤上有一橋名「鎖瀾」。

曉堤攜手共盤桓，春去花殘步道寬。煙裡坡仙無處覓，依然橋柳鎖微瀾。

其五

與女性團友合影於蘇堤上，特題此。

環湖波碧霧迷濛，堤岸花疏柳舞風。懷古人來何艷羨？朝雲婐娜倚坡公。

其六　遊西湖有感

天香十里潤荷蒲，堤柳千簾萬頃珠。聞百不如親一見，西湖看罷已無湖。

其七　閑坐花港觀魚勝景一隅

逕樹橫分碧一泓，葉疏枝細淡煙縈。水天上下涵幽影，勃勃盈胸曉氣清。

乘火車赴蘇州途中作以贈女列車長

九月一日上午

與年輕貌美之女列車長合影於車上，作此以貽之。

明眸櫻口頰生霞，一笑嫣然燦若花。去路迢迢偏恨短，有緣千里識嬌娃。

蘇州寒山寺敲鐘

九月一日下午

登鐘樓三擊古鐘

暮入寒山寺，名碑滿壁迎。三聲鐘邈邈，夜泊憶張生。

蘇州虎丘

九月一日下午

其一　於虎丘頑石前留影

無虎山名喚虎丘，吳王何事弄奇謀？館娃響屧今何在？頑石千詢不點頭。

其二　留影於秦王試劍石畔

石卧山腰一劍痕，遺威赫赫震人魂。神兵渺渺空尋覓，四宇蒼茫滿夕昏。

其三

遊行至一枕石畔，導遊蔣小姐云：「此即當年秋香回首對伯虎二笑處。」

芳樟鬱鬱蔭蘇州，日暮尋幽上虎丘。枕石留香憐伯虎，魂縈二笑俏回眸。

蘇州古城牆

九月一日下午

運河流日夜，碧水護城緣。城上譙樓古，悄然過幾年？

獨坐蘇州江村橋畔

九月一日下午

獨坐倚弓橋，幽幽絕市囂。閑看雲弄影，載水去迢迢。

觀賞蘇州絲廠服裝表演

九月一日下午

著紫披紅舞步新，蛾眉鳳目薄含顰。肌凝霜雪疑姑射，端的吳娃美絕倫。

車經蘇州運河一隅

九月一日下午

碧水穿城過，逶迤去路長。篷船輕逐浪，舟子舉篙忙。

蘇州獅子林人工石洞

洞口掛有乾隆御賜巨大匾額，上書「真趣」二字。

九月一日下午

破礧奇石爲誰裁，複道如梭往復來。驀爾迷宮多變化，群呼眞趣笑懷開。

蘇州拙政園

園內正張燈結綵，以迎接中秋。

九月二日

青青氈草繞重樓，曲岸吳娃盪鴿舟。連樹花燈籠十里，團團喜綵迓中秋。

遊蘇州名園古蹟

九月二日

千樟疊翠遠摩空，一水委蛇卧百虹。眞趣獅林幽拙政，古來招醉幾詩翁？

離蘇州

九月二日

其一

時雨不止，導遊蔣小姐云：「此天公欲留客耳！」

看盡姑蘇好，低回不忍離。天公憐遠客，零雨更相隨。

其二

雨中乘火車由蘇州赴南京，途中書所見。

煙雨江南一碧紗，平疇渺邈萬田家。容舟溝瀆如襟帶，幾處牛閑幾處花。

過鎮江有懷辛稼軒 九月二日

古來爭戰地，幾度血留痕。北固今安在？慨然憶稼軒。

赴鍾山途中 九月二日上午

其一

路旁梧桐夾立，翳蔽天日，甚為美觀。

梧桐張綠傘，溽暑蔭生涼。日漸容顏改，秋深滿額黃。

其二

導遊王小姐暢談其故鄉揚州瘦西湖風物，因思及湖畔平山堂古蹟，遂作以懷六一居士。

幽幽古道落梧桐，天畔空懷六一翁。堂上龍蛇今在否？聊吟山色有無中。

恭謁中山陵

九月三日上午

迢遞來千里，雨中參聖庭。鍾山高嶷嶷，古柏鬱青青。景行齊心仰，崇階舉步零。大同嗟未就，無語叩英靈。

下中山陵有懷王半山

九月三日上午

鍾山毓秀聳巍巍，夾道梧桐上翠微。當日騎驢人不見，青溪岸草自芳菲。

過明孝陵園大道

九月三日近午

巨象雄獅莫敢眠，相看不厭欲千年。自來試問園深處，多少孤臣淚泫然？

遊玄武公園

九月三日下午

其一

導遊王小姐為楊州人，暢談故鄉風物，遂作此以懷杜樊川。

自古繁華地，維揚出麗妍。春風吹十里，載酒羡樊川。

其二

見江淑媛小姐偎湖畔弱柳下，面雙龍綠樹而立，人景俱美，因為攝影，並作此以貽之。

數舸浮玄武，雙龍戲赤珠。千絲牽碧水，柳岸迓妍姝。

其三

立於柳樹前，與許錟輝兄、劉老師姐共影留念，因題此。

湖柳翻新綠，遙林入水藍。千邀無素月，閑影自成三。

其四

於湖畔武廟古閘碑前，與有才女之稱之導遊王曉春小姐合影留念，特題此以貽之。

一方古閘隱湖湄，綠樹迴環拱巨碑。馱石神龜憐遠客，倩來才女共吟詩。

訪烏衣巷古址

九月四日上午

千載烏衣巷，尋常屋幾重。橋邊追勝迹，燕子杳無蹤。

夫子廟前

九月四日上午

廟前有一水，汙濁不堪，據傳即古秦淮河。

夫子廟當街，橫迎一水佳。泊船今不見，無覓古秦淮？

南京飛北京空中俯瞰黃河

九月四日

在空中見黃河如一巨龍蜿蜒於群山中，極為壯觀。

其一

千嶺浮山翠，萬里卧龍黃。恆古濡茲土，悠悠峻命長。

其二

自古山綿亙，群靈制巨龍。蠕蠕思脫困，幾度淚淙淙。

明十三陵途中

九月五日晨

其一

途中屢見二馬拉車並行，而車則滿載芻草，與道旁之綠樹，一動一靜，相映成趣。

晨曦穿樹隙，斜影覆康衢。芊草車盈載，幾番馬並驅。

其二　車經陵園大道

（一）

威武明翁仲，風霜未著痕。不知朝代改，耿耿守陵門。

（二）

靈俑列康莊，金風舞柳長。韶光今又老，續看幾人忙？

參觀明陵

九月五日上午

其一　參觀定陵

玄宮驚出土，奢麗世無朋。無言碑前立，唏噓對定陵。

其二　參觀長陵

山襟河帶氣崢嶸，鼎卜千秋定北京。不道賓天居未愜，十三陵就絕衰明。

居庸關

九月五日下午

岌岌居庸扼要津，眾山拱衛鬱爲鄰。幽然思古關前立，慷慨從來共幾人？

八達嶺長城

九月五日下午

其一　遠眺塞外

八達城高倚碧穹，千陴萬垛鬼神工。斜陽曖曖添秋色，幾陣寒吹塞外風。

其二　騎驢攝影於城畔

長城疊巘深，曲折入雲陰。縱目關南北，騎驢獨嘯吟。

其三　遊八達嶺萬里長城有感

（一）

山海居庸數嶺間，圓圓杳去白雲閒。設非三桂衝冠怒，焉得清兵入漢關？

（二）

群山奔八達，嶺上卧長龍。遊走迴深壑，騰飛入絕峯。千年驚石在，萬里歎雲封。幾度殲強虜，何由覓舊蹤。

圓明園

九月六日上午

遊圓明園，園內勝迹除石拱橋外，均燬於火。

石拱橋高月半規，水流虹影浸琉璃。可憐劫後空無物，岸柳徒垂青碧絲。

頤和園

九月六日上午

其一　於石舫前留影

石舫搖瓊碧，周遭構景明。菰蒲生簇簇，鷗鷺點盈盈。近漾風濤小，遠牽水霧輕。長懷舟覆戒，載載慶河清。

其二

園內有長廊，廊西有秋水亭，東有留佳、寄瀾二亭，皆景致奇佳。於廊中凭闌遠眺，移步換景，美不勝收。

方喜排雲萬象明排雲殿門匾額云：「萬象昭明」，又沿湖岸畫中行。玉英飾棁臨朱檻留佳亭有匾額云：「璇題玉英」，秋水雕簷枕碧瀛。華閣緣雲瀾意寄寄瀾亭有匾額云：「黃閣緣雲」，迴亭邀月景天成長廊入口門名「邀月」。可憐幾度遭烽火，沈恨綿綿浪疊驚。

北京故宮

九月六日下午

（一）

其一　參觀故宮太和殿

金匾高懸殿宇宏，幾人仰首詡先明？兩朝五百餘年夢，多少君臣守國城？

（二）

金鑾御座鎮邊陲，安外連年鐵騎馳。聖業高功成累累，隳摧一旦罪慈禧。

其二

嵬嵬紫禁聳雲空，玉檻丹墀拱御宮。千載興衰知幾許？萬門閒掩夕陽紅。

西安安定城門

九月七日黃昏

入城門，導遊云：「現已計畫修葺城牆，疏通護城河，不久將可乘坐馬車、畫舟，一發思古之幽情。」

其一

深溝方郭繞皇城，安定門前古意生。焉得牆衢容駟馬，放舟塹水認前明？

其二

暮登西安古城樓，巧遇數名正錄製節目之當地女明星，皆面目姣好，儀態大方，因與之共影留念。

三五佳人作豔妝，長安城上展新裳。客來瀛海欣相識，淺笑依肩送夕陽。

其三

在古城樓，獨劉老師脫隊，眾團友遍尋不得，久之乃現身，因作此以戲之。

桂娃好古自徜徉，鳳目微瞋繞高牆。四覓茫茫斜日落，驀然樓隅現紅裳。

西安半坡遺址

九月八日上午

盤古開天久，半坡闢地忙。掘溝驚虎豹，磨鏃獵羌羊。火塑生陶彩，刀耕播穗香。吟歌勤矻矻，億載耀餘光。

西安兵馬俑

九月八日上午

石俑威淩百萬兵，千年埋土恨難平。緣來天日欣重見，藉手村農舉世驚。

過灞橋

九月八日上午

其一

灞岸柳垂絲，經年怨別離。古今千萬折，依舊綠葳蕤。

其二

柳生橋畔自多愁，灞水翻瀾日夜流。載恨從來知幾許？無言沈淚去悠悠。

臨潼貴妃池舊址

其一

汩汩香泉欲醉人，古池深處掘痕新。雕磚玉砌今猶在，旖旎當年憶太眞。

其二

在華清池一樓角為女性團友攝影，並題此。

畫簷飛小燕，簾下倚佳人。千載香池在，依稀見太眞。

過西安玄武門舊址

九月八日下午

客來懷古久徜徉，玄武門前悼大唐。百里皇城今不見，徒留黃壤向斜陽。

臨潼道旁石榴樹

九月八日下午

樹樹皆結實累累，令人垂涎欲滴。

臨潼道畔少踟躕，累累新榴樹萬株。秋染一園紅欲滴，幾人纖手剝珍珠？

西安碑林

九月八日下午

名碑穆穆聳千方，經鏤開成憶大唐。鳳闕超塵思魯直黃碑有詩云：「紫氣迴旋雙鳳闕」，皇都高古歎襄陽米碑首句云：「皇都初度臘」。清臣剛勁窮眞好，長史奔騰極草狂。觸目龍蛇皆瑰寶，緋緋拓墨有餘香。

大雁塔

九月九日上午

相傳此塔曾中裂而又復合

至性動乾坤，塔偕日月存。中分猶復合，萬古頌慈恩。

參觀唐代藝術博物館

九月九日上午

館內見唐代皇城巨圖有感

盛事豈能尋？皇唐殿宇深。緬懷當日事，勃爾起雄心。

在西安和平餐廳用餐

九月九日上午

上午十一時在西安和平餐廳用餐，有一服務小姐姓萬名小春，面龐豐腴，特具古典美，有如畫中人，因與留影並作此以貽之。

萬里尋幽韻，長安饒古風。小鬟施粉薄，春意漾羞紅。

謁黃花岡七十二烈士墓

九月九日下午

功垂千萬代，越海謁崇碑。累累英名在，黃花滿日曦。

上五羊山尋覓仙踪

九月九日下午

穗城尋古下黃岡，逸興遄飛上五羊。杳杳仙蹤何處覓？一尊巨刻半斜陽。

逍遙遊吟稿　肆　紐澳之旅

民國七十八年二月六日遊歐團再遊紐、澳，先遊紐西蘭，後遊澳洲，至二十日返國，得詩廿二首。由於其風物與西歐不同，所見所感亦自然有別。

由東京飛臨奧克蘭上空書所見

二月七日上午

其一

天穹星斗橫，耿耿不知名。靜待晨雲橘，迎來曙色明。

其二

藍空呈曉色，人在太虛間。看盡綿雲好，千羊疊作山。

其三

俯瞰紐西蘭島，如點如撇，奇之。

禿翰沾青運筆忙，斜斜猛點撇粗長。天公醉裡狂書就，南太平洋泛鴛鴦。

由奧克蘭乘遊覽車往威吐摩

二月八日上午

途中參觀螢火蟲鐘乳石洞，並乘小舟遊地下湖，奇景入目，甚為歡暢。

其一

萬年鐘乳柱千形，霜筍爲牆玉作屛。輕扣成聲何所似？桂林蘆笛起泠泠。

其二

提燈何處去？寶島久朦朧。越海來尋覓，纍纍萃此中。

其三

地穴行舟入太空，星羅棋布閃朦朧。重重險阻穿飛過，出洞舒然似夢中。

參觀羅吐魯阿地熱噴泉

二月九日

地火深埋久，熱泉噴不停。古來雲霧白，薰得幾山青？

黃昏抵達威靈頓

二月九日

登維多利亞山頂，俯瞰市景，有懷遠人。

四面霓燈次第開，霞紅初暗夜靈來。維多山頂凭闌遍，目極遙天別有懷。

遊來佛海峽書所見

二月十二日中午

其一

海上船行夾岸山，雲峯殘雪映星灣。簾簾白瀑參差掛，對對鷗飛點水間。

其二

碧水輕翻浪，青山在異邦。幾回疑夢裡，彷彿在灕江。

其三

海若發奇思，引流入島陂。山靈空有恨，淚雪止何時？

由第阿諾至皇后城

二月十三日上午

乘摩托快艇，暢遊昔日產金地，緊張刺激，無人不呼驚。

河道迂迴漾碧明，風清浪白逐飛鯨。椏杈伸縮低穿越，岸壁凹凸密貼行。東轉西旋游未定，仰衝俯墜蕩無聲。成簾濺玉浮虹彩，水國縱橫心疊驚。

乘直昇機上庫克山脈山頂賞雪

二月十三日下午

扶搖登玉峯，山上雪蓬鬆。輕蹴深遺迹，悠然逸趣濃。

宿庫克山下小村

二月十三日

晚餐後，於旅館前草坪上，仰見夕日餘輝落於庫克山巔雪帽上，構成奇異之美景，因攝影留念並作此。

億年冰帽覆山巒，曖曖斜陽巧染丹。過客從來知幾許？山前齊首仰奇觀。

由坎培拉飛抵墨爾本隨即乘遊覽車赴海濱途中懷遠

二月十六日下午

逶迤車馳夕日曛，叢林薰草綠無垠。秋來南國風光異，座畔悽然少使君。

赴海濱途中

二月十六日黃昏

初傾橘彩抹遙岡，旋引銀波送夕陽。最是群鷗相逐舞，從容繪得好秋光。

在飛黃金海岸機上有懷舊遊

二月十七日黃昏

橘雪浮碧宇，暝色下陵丘。幾處生燈火，空然憶舊遊。

由黃金海岸飛開恩滋於機上見日落

二月十八日下午

斜日多情別彩穹，幾番拚卻醉顏紅。氈雲簇擁殷勤送，圓首依依沒望中。

遊黃金海岸

二月十八日下午

海著金衣闊，浪沖戲浪兒。輕鷗飛點點，沙岸迎晨曦。

在海岸世界坐海盜船

二月十八日下午

因船上拋下攢，令人為之窒息，眾呼上當，下船後，餘悸猶存，久久不去。

不識風波惡，偏牽海盜緣。高低旋一瞬，悚悚膽生寒。

坐船抵綠島於海邊赤足戲水暢然忘老

二月十九日近午

足狎清沙軟，目窮疊浪遙。忘年如稚小，日午逐青潮。

乘潛水船觀賞世界七大奇景之一之大堡礁

二月十九日下午

親睹世界最大之海底活珊瑚群，令人終身難忘。

深潛欣坐隔玻璃，看盡珊瑚億載奇。疊腦推盤驚不已，游魚翻彩自怡怡。

逍遙遊吟稿 伍 花東之旅

一 遊臺東

民國八十年二月三日，偕武光兄與學生數人，趁參加研習會之便，遊玉里安通溫泉，一路山水、花草競來相娛，俗慮為之全銷。近午於和式雅室餐敘，盡興而返。得詩僅八首，以資留念。

山清水秀

其一

山水共相迎，于喁鳥和鳴。雯華嵌碧宇，萬象入心清。

其二

雨霽好風輕，于于攜手行。山青偎日麗，雯素印潭晴。

山花之美

其一

花明蝶色深，小澗弄清音。屏山轉蒼翠，未酒已傾心。

其二

占得瑤臺色，小花舞曉風。仙姿搖曳好，屏掩爲誰紅。

餐廳內外

其一

斜川當日晴，班坐效淵明。蕙氣清塵垢，蘭芬沁性情。

其二

分享紅莓馥，蕙風午共餐。客謠歌遍徹，蘭室疊清歡。

註：傅兄武光擅唱客家山歌，音色俱美，令人陶醉。

其三

門延山色綠，窗映醉顏紅。四美欣相伴，意閒坐晚風。

台東之旅有感

春好不知愁，相偕爛漫遊。浮生都一晌，此樂美無儔。

二　遊花蓮

民國八十年四月一日，偕武光兄與學生數人，搭上午九時二十分遠航班機飛花蓮，作二日遊，於二日下午五時又乘遠航班機返臺北。其間曾暢遊天祥，並由藝文嚮導，遊鯉魚潭及海濱公園，共留下諸多足跡，得詩十一首，以資懷念。

臺北飛花蓮機上

風多雨意消，共翼上雲霄。方覺交衢小，又驚作雪飄。

於機上俯瞰東海岸

濱海曲岸遙，頻牽白浪飆。客來都幾許，擒美入歌謠。

赴天祥途中

急流激石空，歲月疊奇功。百里屏風展，蜿蜒美不窮。

天祥梅林憶舊

纍纍梅子熟，邈邈憶前遊。林下悠然坐，一心盟鷺鷗。

過天祥吊橋

一虹跨澗寬，攜手共搖歡。風共佳人舞，銀鈴散翠巒。

閒坐天祥山腰

拾級探林巒，興來坐石磐。神酣叢樹綠，偎紅醉春蘭。

乘氣艇遊鯉魚潭

一葉浪翻暉，面風貼水飛。深潭迎六客，一晌雨霏霏。

微雨中坐雙人小舟遊潭

把舵坐駢香，凌波踏足忙。名潭偏愛美，圈雨綴新妝。

遊海濱公園

細沙逐晚潮，濱海水雲遼。昂首驅凡慮，縱神入寂寥。

訪林產實驗所贈藝文

風牽薄雨入森林，藝植花深絕俗音。文竹添幽敲逸韻，潭濱彳亍得閒心。

註：濱海公園旁有一林產實驗所，頗具規模。

花蓮返臺北機上

仰衝雲翳上，島巒白絮翮。金暉平耀目，舉首欲摩天。

逍遙遊吟稿　陸　神州之旅（二）

民國八十年九月十三日起，偕武光兄與學生多人，欣作大陸西南十三日遊，因略記所見所感，得詩廿六首，以資紀念，並懷諸團友。

由昆明赴楚雄途中

九月三日下午

其一

雲飛南國古，今過睡美人。車騰滇緬道，流景幾番新。

其二

風花兼雪月，滇女語如珠。迤邐高原綠，恬然入畫圖。

其三

山腳弄煙濤，盆田絕俗皋。銀鈴聲不斷，車行碧宇高。

由楚雄赴大理途中

九月四日

其一

綿綿不斷山，奇險不暇攀。深谷襄陵遠，炊煙幾處閒。

其二

一路梯田縈，百禾雨裡榮。千巒飛欲過，大理正晴明。

其三

衙網纍纍結，眞珠欲滴紅。南疆嘗異味，甜好憶臨潼。

遊大理與秀郁留影於三塔旁

九月四日下午

秀影偎三塔，人清水亦清。花奇爭獻媚，郁郁送香輕。

與玉眞留影於大理三塔旁

九月四日下午

玉英開爛漫，眞素出天然。水畔添清影，人花巧結緣。

與岱華留影於大理點蒼山下

九月四日下午

岱碧疑南渡，嵐間認點蒼。一枝開塔畔，華蕚正騰香。

遊大理擺夷村

九月五日上午

為金鑾攝影於村道上

曉雨擺夷村，金風上鬢根。鑾音輕起處，玉立笑桑暾。

大理蝴蝶泉洱海

九月五日上午

其一

竹衙步道寬，蝴蝶古來泉。南天憐遠客，玉液曉聯緣。

其二

洱海漫氤氳，望夫不見君。點蒼知幾度，攏塔送斜曛。

漫步於大理街道

九月四日夜

蕙蘭特鈎肘為伴，因作此以謝之。

燈昏街市古，風物未曾諳。併步欣偎伴，不知在滇南。

遊昆明小石林

九月六日下午

與于雯幾度合影留念，特作此以貽之。

其一

輕托葵花鉢，崖下兩忘機。尋幽穿石徑，結伴惜斜暉。

其二

幾度成雙坐，穿山浴夕陽。賞心遊南國，恍惚是襄王。

遊昆明小石林

九月六日下午

石林綴綠聳雲霄，花不知名分外嬌。八美西來添秀色，蓬萊煙靄路非遙。

遊黃果木瀑泉　九月七日上午

雪瀑傾簾處，濛濛霧氣勻。時時勤潤物，已過幾多春。

遊貴陽龍宮贈玉眞　九月七日下午

龍宮廣且深，玉筍倒如林。眞境驚非夢，環舟近可尋。

乘「長城」號遊艇遊三峽過酆都　九月十一日

其一

霧失千巒影，水天色不分。酆都何處是？雪浪落紛紛。

其二

漫漫水一川，奔注自雲天。一舸中流放，坐看眾嶺妍。

其三

茫茫一水東，山色曉迷濛。浪逐長城去，巴渝邈望中。

遊白帝城以夔門爲背景與蕙芬共影留念

九月十二日

蕙枝清四字，風下倚夔門。敢是瑤池物，芬芳沁曉村。

船泊巫山縣

九月十二日

其一

千房疊綠坡，夕日弄金波。撒網漁舟遠，得閑巫縣多。

其二

巫縣殘燈滅，星空日隱曦。江濤翻不斷，竟夜漾相思。

與靜宜依船闌共影留念

九月十三日

長水去無聲，靜山設色輕。雕闌偎倚看，宜雨更宜晴。

晨登黃鶴樓作

九月十四日

黃鶴高新構，蛇山慶有情。吟詩懷古韻，作客仰崇名。千載樓頻改，一江浪不驚。可憐鸚鵡渚，無處覓狂生。

逍遙遊吟稿　柒　神州之旅（三）

民國八十一年三月廿九日至四月七日，偕武光兄與學生多人，暢遊上海、杭州、富春江、千島湖、黃山、揚州與南京等地。茲略誌所見所感，得詩十七首，用資紀念，並懷諸遊侶。

重遊西湖又遇霧

三月三十一日下午

霧生濃淡續前緣，西子何因又赧然？堤柳迷濛橋隱約，幾隅煙景似當年。

西湖蘇隄

三月三十一日下午

見桃柳爭春，為之心閑意適。

淑氣涵桃柳，蘇隄處處春。閑行尋迹古，靜看浪痕新。

遊嚴子陵釣臺

四月一日下午

遺迹千年播舊芳，嚴陵幾度送斜陽。昔盟鷗鷺今何處？依舊山高綠水長。

過西臺憶謝皋羽

四月一日下午

初過皋羽憶當年，日暮西臺浴薄煙。四顧蒼茫前迹杳，依稀慟哭起遺編。

千島湖

四月二日上午

見其山光水色，晃樣無邊，令人為之目酣神醉。

銀濤起伏迎，畫舸島中行。秀發山添色，沁神水風輕。

晨遊千島湖

四月二日晨

千巒成島歎神工，一舸平飛迎曉風。十里澄湖無限碧，閑人閑倚坐摩空。

遊黃龍洞

四月二日

與學生並步拾階而上，清氣襲人。

拾階竹木新，小雨潤芳塵。清氣深入骨，屏山翠可親。

訪屯溪載東原先生紀念館

四月二日下午

春水起波痕，溪風沁竹軒。書香清俗慮，手澤憶東原。

遊黃山遇霧

四月三日下午

霧前四顧景濛濛，寒氣清膺起午風。携手循階尋覓久，黃山眞面遐思中。

與學生漫步於黃山松林步道

四月三日下午

霧壓千松濕徑途，新針夾道萬凝珠。仰脣沾取瓊瑤液，消得塵心入畫圖。

晴晨遊黃山

四月四日晨

曉日清輕霧，黃山倏生姿。嵐迴幽谷淡，松倚峻峯奇。近黛牽目駭，遠青引神怡。流觀嗟造化，何筆運非癡。

自屯溪坐火車往南京

四月四日夜

以鼾聲雷作，一夜驚擾同室室友，特作此以致歉。

和衣擁被臥，鼻息似鳴雷。好夢頻驚斷，中宵醒幾回。

晨遊揚州瘦西湖

四月五日

千簾楊柳舞頻頻，一曲澄湖設景新。幾樹隄桃春意鬧，容顏雖瘦卻宜人。

揚州平山堂

四月五日下午

春柳依然弄細風，平山堂畔憶仙翁。龍蛇當日今安在？千百年華一夢中。

揚州竹西公園　四月五日下午

竹西佳勝絕塵囂，一曲新池幾畫橋。歌吹當年知底處？斜陽無語柳飄飄。

清晨與曉春小姐同遊揚州漁洋詩社舊址　四月六日晨

二三精舍曉煙浮，御馬頭前漫步遊。秀句從來都幾許？低回溪岸記風流。

於西湖湖畔拍全體照爲題此　三月三十一日下午

羞煞橋邊西子魚，風迴花樹迓仙車。不知何處來雙客，偎傍娉婷九美裾。

逍遙遊吟稿　捌　停雲社課

民國八十年九月，由邱燮友教授推介，獲得通過，正式成為「停雲詩社」社友。社成立甚早，社長為汪中教授、副社長為羅尚先生。除筆者外，社友有陳新雄（監察人）、張以仁、邱燮友、杜松柏、張夢機、尤信雄、沈秋雄、陳文華、文幸福（總幹事）、傅武光等教授。例會以每月舉行一次為原則，但得視情況增減；由社友一人輪值，並確定日期時間、地點、題目，交由總幹事通知執行。經過數年，僅得詩四十四首、詞一闋而已。

重陽

民國八十年十月作

落木秋山風弄濤，慨然峰頂憶前豪。去鄉摩詰思萸少，訪友浩然就菊曹。最是山巔吹落帽，還欣花下送香醪。隆情美誼恆常有，不畏老來登至高。

夜雨

雲低風定欲三更，淅瀝聲稀近簷鳴。解得催人幽入夢，欣然一覺到天明。

觀戲

世事頻入戲，慨慷同古今。詭奇豈虛構，俯仰近可尋。三遷孟母少，他歧迷孔林。桃園義厚結，琴挑羨知音。天涯竟咫尺，千載若分陰。哀樂都凡幾，斑斑淚濕襟。

觀戰

龍沙隨天迴，雲翳收夕晴。暮色添肅殺，塹壕連縱橫。戎車旌相望，百里風迅生。方懼枯萬骨，凄凄鬼神驚。焉知有孫子，不戰屈人兵。但願烽火息，長茲寰宇清。

戎菴寫竹

煙斂雲收幻作眞，巧偷姑射數枝新。冰姿落落清如許，貪看何須問主人？

觀棋

其一

運籌方局正良宵，侵掠無聲鐵騎驕。勝似當年深入敵，武侯凜凜克三苗。

其二

未諳孫武屈人謀，垓下重圍夙夜憂。壁上援兵倐忽至，東溪西折復神州。

賀伯元兄六十壽慶

民國八十三年三月作

甲子歡復始，添鬚傲流光。不必養於國，豈須拄於鄉。闢徑譽遐邇，聲韻因發皇。坡公契久矣，適性有杜康。欣此耳順去，歲月莊椿長。

遊碧潭有懷夢機子良

其一

搖金斜日暖山嵐，曖曖懸虹臥古潭。班坐尋詩知幾度，臨流何日客成三？

其二

郁郁茗香去俗塵，神遊詞苑論蘇辛。斯情未逐波瀾去，長共青山碧水新。

懷旨雲師

民國八十四年作

偉哉程夫子，學苑齊知名。春秋成圖考，義理通宋明。爲人溫而厲，步趨孔聖行。教誨終不厭，仁智留典型。駸駸歲月改，不減仰止情。

清明

熾熾春陽歛曉雲，舉頭長憶雨紛紛。千花百草常攲側，幸得浮生半日醺。

壽雨盦社長七十

當窗蟬鳴正殷勤，風催榴紅月開雲。通宵歌筵壽詩伯，綠鬢朱顏鶴精神。自古鳩杖稀於國，公遊翰苑獨絕倫。標格清逸凌鮑謝，駸駸筆勢追右軍。酒餘欣欲計年歲，更盡一杯問莊椿。

行道樹

兩行碧樹立如衙，夕送朝迎路滿車。分外偷來閒幾許，勤將綠意散千家。

春半

雨晴莫定趁東風，起伏花濤紫間紅。二月春神毫突吭，筆揮瀟灑點蒼穹。

晨遊陽明山

靈山迓稀客，曉嵐起濛濛。紅櫻偏試蕊，杜鵑笑迎風。通林幽徑曲，春鳥鳴澗中。瑩瑩草木淨，清風沁腹胸。閑依雲亭久，幾回契玄同。

清流

曲曲屏山映樹榮，野花穐蔓不知名。雲潛水底浮天上，人在雲間照影清。

秋興

晚花簌簌送斜暉，風約輕雲傍水飛。天淡山間秋正好，當年宋玉又何欷？

酒花

乍然繁景落瓊杯，裊裊風煙舞淪漪。倏爾雲收濤斂處，一泓清洌映琉璃。

新年

臘盡朔風弱，怯怯將春迎。雲霞曙濱海，山抹微嵐青。戾氣湧南北，選賢疊紛爭。烽煙車臣急，神戶傳殊驚。瞻顧多愀愴，幾番寢難成。但願新歲好，廓然寰宇清。

感時

孔道衰久矣，螭魅欺人間。七力偏枉道，妙天豈通玄。信眾失自覺，幻夢焉可圓？日隱羨寧歲，夜長愧尼山。安得鞭雷公，滂沱洗塵寰。

陽明山杜鵑園即事

杜鵑園裏覓殘英，斑血無痕雨淚傾。望帝秋來競何事，呼風攪霧作恨聲。

歲末懷社友張夢機教授

民國八十五年十二月作

群巒繞迂曲，虹橋臥清流。天際送斜日，品茗共銷憂。論詞成奇構，幾番舉觥籌。不道人事改，風月多怨尤。目極藥樓遠，臨高謾凝眸。雲腴情長在，何當續前遊。

註：雲腴，本指一種名茶，取以為詩文社名。社成立於民國六十二年，由當時研究詩詞之年輕學者：王熙元、羅尚、張夢機、杜松柏、張仁青、張子良、顏昆陽、陳弘治、賴橋本、尤信雄、陳文華與筆者等十二人組成。每隔一兩月

聚會一次，每次均商定一專題，先由輪值者主講，再由眾人一邊品茗、一邊討論。其成果後來大都發展為論文，曾有多篇先後在《學粹雜誌》或其他期刊發表。今因各分西東，而熙元、橋本、子良又相繼作古，人事變改，故已中止聚會。又：夢機有〈感舊次滿銘韻〉詩云：「車過石橋上，風雨釀寒流。舊夢偶一拾，已不堪其憂。碧亭昔歡聚，煙支姑作籌。論詞眾所尚，賡詠古所尤。茗薰一潭水，山翠雙吟眸。何日腰腳健，邀朋共清遊。」

題溥心畬古木幽巖圖

民國八十六年一月十五日作

青龍盤亙石巖巖，虬曲千般戲碧巉。虧得方家施妙手，瑤池仙種下塵凡。

早行

雲空半吐白，路樹團不分。風露寒惻惻，清氣舒人神。蔓草欣迂客，碎花播奇芬。鏡池涵閬影，沙徑行無塵。俯仰皆自得，閑情一番新。

股市狂飆

民國八十六年五月一日作

層層薄霧路遙遙，越嶺牛車過畫橋。驀地沖飛如電掣，萬呼聲裡上雲霄。

口蹄疫

口蹄豈猖獗，疫絕八十秋。未料水決堤，南北亂竄流。流處傳蹄號，乾坤共含憂。可憐塚纍纍，千農淚難收。瘴嵐願早散，再聞豕呦呦。

題伯元詩艸

民國八十八年六月十九日作

其一

伯雅長傾未醉心，元思萬有日搜吟。詩成千帙追陶謝，艸本新傳播好音。

其二

發皇聲韻有餘絃，詩苑折葩晚更妍。適性添鬚頻中聖，坡公久契益陶然。

九二一集集大地震

民國八十八年十一月二十六日作

雲湧風號月半明，山崩水斷鬼魂驚。地靈百載轟然怒，欲訴人間底不平？

藥樓雅集

民國八十八年十二月二十五日作

望處藥樓聳，迤邐驅車忙。集集震何劇，重會收驚惶。握手訝霜鬢，話舊累舉觴。酣酒吟社課，性達形迹忘。忽忽夜已闌，故意歸路長。

註：藥樓在新店中國玫瑰城中，為夢機養病處。

重遊碧潭懷夢機子良

虹臥清流歲月長，重臨風岸怯斜陽。雲腴當日香何在，依舊波光漾淼茫。

註：在民國六十三年前後，雲腴社有幾次選在碧潭附近聚會。而夢機、子良與筆者，亦由於編撰《唐宋詞選注》之需，經常選下午無課時，坐碧潭邊，面對水光山色，品茗論詞，往往至日落乃歸。

臺灣師大日光大道即事

輝輝斜日照疎林，深影斑斑識古今。砌下偏憐芳草嫩，吐尖偎倚浴流金。

千禧年

民國八十九年一月一日作

鐘鼓參差鳴，忭歡迎新禧。千載都一瞬，談笑付是非。箇中有常理，榮辱相因依。願茲秉此彝，日月長輝輝。興來倚闌看，碧朱不迷離。

春興

梢頭吐嫩樹芳菁，紅紫因風弄曉晴。詞筆春情都忘卻，浮生馳電悚然驚。

春雷

風自東北來，淑氣歛薄寒。金蛇驀然掣，晚雷響闐闐。驚雲俯野亂，清池漲微瀾。煙靄生草樹，碎雨喧窗前。明日風雨定，合當碧連天。

和夢機懷友絕句之二

其一　民國九十年一月十九日作

幾載潛光化苦辛，藥樓懷瑾筆飛頻。又聞古調歌悠漫，潭畔難忘日月新。

其二　民國九十年一月二十日作

問君底事足悲辛，山氣蒼蒼卻顧頻。水岸前歡何所似，漫漫煙景幾番新。

註：夢機〈懷友絕句之二〉原作：「喜從詞翰論蘇辛，操紙飛文撰述頻。吾輩風

流入蓮社，碧亭論學啜茶新。（陳滿銘）」

桃源

民國九十年一月二十五日作

桃紅夾岸逆行舟，水盡山明出畫樓。鳥噪林梢頻迓客，人臨池畔不驚鷗。竹間尋雪經冬好，梁上觀荷未夏羞。正是陶然風動竹，枉教驚夢思悠悠。

恭壽莆田黃師天成八秩嵩慶

其一

天降文星燦莆田，筆酣海若意蹁躚。成均化育標風骨，自此靈椿比壽年。

其二

日擁書盈晚學齋，留連經子寄高懷。山川遐邇奇蹤遍，歲歲從今壽宴諧。

註：黃師天成，精通儒、道，最愛莊子。居臺北市萬盛街，書齋名「晚學」。

賀雨盦社長八秩嵩壽

民國九十五八月十四日作

青青共春鬥長久，由來偏愛醉釀濃。體健書窮漢魏古，格高詩粹唐宋風。而立早狂傲太白，從心晚閑追赤松。如今盛事頻勸酒，貼額研朱祝孩童。自此更數八千歲，放歌齊聲壽仙翁。

藥樓雅集

民國九十七年一月五日作

停雲詩社除陳新雄、杜松柏、陳文華、文幸福、傅武光等社友與筆者外，另邀貴賓李善馨先生與韋金滿教授，於今（九十七）年一月五日下午齊聚於社友張夢機「藥樓」，夢機云：「鷗朋到此共燈檠，嘉會以詩銜酒觥」（夢機詩），遂作此，用資紀念。

捷運馳藥樓，玫瑰山境幽。朋坐杯助興，酒酣燈益柔。歲星誰當運，三豕（註一）
開話頭。中正德不再，文革遍地愁。歸路車如水，碧潭暫凝眸。雲腴（註二）情
何在，濤水長悠悠。

註一：座中陳兄新雄、杜兄松柏與筆者三人皆肖豬，眾嘲為「三豕」。

註二：社名。多年前，社友張兄夢機、張兄子良（已辭世）曾與筆者三人常聚潭
畔，品香茗、論詩詞、送斜陽。

減字木蘭花・丁亥仲冬停雲社友過張夢機於藥樓後伯元用山谷中秋多雨韻寄贈爰作此以和兼懷子良

風郊無雨。室暖如春寒氣去。笑語旋開。冬集鷗朋今又來。　舊誼山外。幾
度雲腴詩酒會。斜照當樓。潭水牽情逐浪頭。

註：陳伯元〈減字木蘭花・藥樓雅集用山谷中秋無雨韻〉原作：「停雲舊雨。攜手玫瑰村裡去。笑口當開。旋見中天月上來。清光無外。故友新知同此會。藥室書樓。共喜長吟慰白頭。」

賀幸福教授六十壽慶次伯元韻

民國九十七年七月二十三日作

當日香爐滿地春，今逢花甲慶回輪。早遊藝苑多才氣，漫卷波瀾脫俗塵。留意詩騷文盡理（註一），放情煙雨（註二）筆如神。自茲耳順從容好，俯仰隨心更可親。

註一：幸福教授研究、講授《詩經》多年，曾榮獲國際詩經學會頒授《詩經》研究成就特殊貢獻獎。

註二：幸福教授客韓時有詩稿《雞龍煙雨》。

逍遙遊吟稿　玖　北京行

為參加「第一屆海峽兩岸儒學交流研討會」，中華孔孟學會由副會長李鍌、郭為藩與秘書長張植珊等教授組成十七人團隊，於民國九十八年四月廿四日飛抵北京，而於四月廿七、廿八、三十日與五月一、四日，分五梯次歸國。其間乘開會之閒，曾參觀數處著名古蹟與現代建築，所見與二十年前，判若天淵，令人目不暇接。因作詩十首記之，用資留念。

過境澳門抵北京　廿四日

澳門過境入京行，廿載重來觸目驚。半卵鳥巢多巧構，環環變彩競相迎。

註：鳥巢，奧運主運動場；半卵，半個雞蛋，指國家劇院；均在四環區，與二環、三環等各以不同特色拱衛故宮。

參觀雍和宮　廿五日

苕髻乾隆已杳然，而今福地法輪傳。雍和梵罄連遠近，聲入樹梢欲幾年！

註：雍和宮，原雍王府，乾隆即出生於此。

參觀國子監　廿五日

其一　榜單

濟濟多賢夢此行，皈依孔聖道心明。榜單三甲行行認，彷彿當年是監生。

註：孔聖，國子監（音劍）旁有孔子廟。三甲：賜進士及第、進士出身、同進士出身。

其二　乾隆講座

御座高高氣象尊，森森林木拱茲門。幾回冠冕班班坐，唯見衹今夕日曛。

參觀和珅府

廿五日

琉璃巨宅最雄豪，幾處嵌空榆木高。富極一朝終獲罪，空留遺恨漾風濤。

註：和珅府中多榆樹，前院、後園皆然，相傳榆樹吉利，能聚財寶。

夜訪老舍茶館

廿五日

初訪老舍夜，梯座滿茶熏。春弦催花艷，櫻桃澡精神。夏吹嗩吶好，學鳥聲疑眞。秋唱追漢唐，意象耳目新。冬鼓雄氣勢，力士旋舞頻。四季須臾過，何當共情親。

註：老舍茶館節目以春、夏、秋、冬等四時依序作傳統之演出，觀眾席中又多臺胞，因此倍感親切。同行邱燮友教授即席作〈老舍茶館四時歌〉，其〈夏歌〉云：「嗩吶聲聲催夏晴，滿樹櫻桃紅盈盈。」其〈秋歌〉云：「漢唐遺音入茶館，老舍祥子古今傳。」

參加「第一屆海峽兩岸儒學交流研討會」

廿六、廿七日

其一

孔道入人心，融通兩岸深。螺旋仁與智，永作太平吟。

註：孔子學說以「仁與智互動、循環、提升」（螺旋）為重心，以此層層推擴，由「修身」而「齊家」而「治國」而「平天下」，可開萬世之太平。

其二

薪傳儒學正多方，兩會齊心議論忙。爛漫千花開遍地，人間春到播芬芳。

註：兩會為中華孔孟學會（臺北）與國際儒學聯合會（北京）。

自北京抵承德

時已日暮，未及參觀避暑山莊，而於次日破曉即匆匆離去，甚感遺憾！

其一　抵承德　廿七日

青環四面一城新，武烈中流是母親。避暑山莊伸手近，匆匆惜去見無因。

註：有一水名「武烈河」，中分承德城而流，當地暱稱「母親河」。

其二　離承德　廿八日

揮手山城幸此來，層樓迴繞向天開。水寬風急揚波去，何日重遊浪疊猜。

自民國四十九年開始，學習作詩填詞，先後雖草成多首，卻未留存，僅尋獲〈洛陽春〉詞一闋而已。其後四十餘年，即偶有吟詠，亦出於親友酬贈與零星記遊者居多。今特以「雜什」兜之於此，得詩一〇六首、詞七闋，聊資紀念。

山居晝夢有感

民國四十九年習作

調寄〈洛陽春〉

何處瓊樓笙弄？邈然牽夢。醒看日影戀花間，堪自笑，塵情重。

長羡浪翁酒甕，百年相共。醉聽山下水流東，漫喚取，流鶯送。

贈相君

民國五十六年十月三日（農曆羊年八月三十日），慶相君誕生，作此以贈之。

瑤殿今宵喜氣揚，相繚仙桂正芬芳。君聲一晌通天宇，歡慶人間得吉羊。

贈信孚

民國五十七年十二月二十九日（農曆猴年十一月十日），慶信孚誕生，作此以贈之。

信愨祈天定吉辰，英聲驚座古無倫。孚甲萌萌春訊近，從今物候一番新。

戊午重九壽黎建球教授尊翁福安世伯八十

調寄〈瑞鶴仙〉

金風搖九月。正萸菊香鬱，登高佳節。彤霞燦瑤闕。想當年墮地，赤城僊骨，超丰姿秀絕。更精神、清如玉雪。便黎墟、從此開祥，孕就世間賢傑。
拔。年方英妙，劍掃妖氛，幾番馳捷。皇皇聲烈，待歸罷，笑華髮。但童顏似渥，而今贏得，兒額朱書長貼。且添來、身世莊椿，十頭畫撇。

註：福安世伯來臺前任軍職，曾參與多次戰役，立有不少軍功。

慶結婚二十週年

民國七十四年元月二日

適逢與賢妻素真結婚二十週年之慶，特作此。

唱隨廿載瑟琴鳴，齟齬翻添燕婉情。自恁糊塗欣寡過，圓珠潤玉賴卿卿。

與三民書局編輯部小姐同遊礁溪

民國七十五年一月二十六日

其一

由礁溪回程中，見柳貴美小姐留影於瀑布前橋上，笑容可掬，姿態美妙，作以貽之。

百丈飛泉落玉繩，巖巖石上水煙凝。嬌娥橋畔爭奇色，巧笑嫣然入永恒。

其二

由礁溪回程中，下海灘戲水，與王韻芬小姐合影於岸石上，作以貽之。

層波漾碧碧連天，岸石嶙峋弄夕煙。仰首晴空背海立，忻然盼得倚嬋娟。

其三

由礁溪回程中，下海灘遊戲，見張秀慧小姐留影於石上，背景既佳，姿態亦美，因作此以貽之。

滔滔雪浪湧晴灘，秀發山花出石磐。慧目微游輕一笑，娟娟倩影染霞丹。

至烏來巨龍山莊品茗

民國七十六年十月六日

下午五時，與劉本棟、黃春貴、賴明德、簡明勇、賴橋本、林礽乾、董俊彥、廖吉郎等教授，從黃師錦鋐教授，至烏來巨龍山莊品茗，由張玉玟小姐殷勤接待，即席作此以貽之。

雙瞳秋剪水，玉立笑盈盈。吐語如鶯囀，殷勤出性情。

賀婚

其一

三民書局湯嘉蘭小姐將於丁卯年十二月六日，與賴海源先生締秦晉之好，作此以貽之，藉申賀忱。

嘉南鍾毓秀，仁里出嬙媛。臘月佳期近，蘭薰百鳥喧。

其二

余與廖慧娟小姐，在三民書局編輯室，遙相對坐，以深知其為人嫻靜知禮，且與楊立杰先生將締秦晉之好，遂作此以貽之，藉申賀忱。時民國七十七年元旦。

擁書未厭見淵衷，慧性泉流出不窮。數載勤栽終結果，娟娟秀目識豪雄。

壽永金六十

戊辰春正月吉日，欣逢永金學棣六十壽慶，特作此以貽之，藉申賀忱。

花開周甲正春風，佳氣氤氳壽一翁。永吉延休添甲子，金眞養素效喬公。

外埠輔導座談

其一

民國七十七年四月二十一日下午二時，與實習會王教授守儒、劉小姐湘君及施教授玉惠、廖教授吉郎等，由臺北乘自強號火車赴臺南，參加結業生外埠輔導座談，途經海線作。

其二

四月二十二日下午，由臺南乘火車赴豐原，於細雨中車經田中作。

田野丘山環遠近，供青獻綠忒殷勤。旋睛應接清涼甚，塵慮潛銷入夕曛。

連天綠野雨濛濛，濃淡生煙幾樹叢。三五農家閒映目，一心恬適過田中。

臺北飛高雄空中

民國七十七年四月二十六日

上午七時二十分，自臺北搭中華班機飛高雄，準備參加全國高中教師作文批改比賽評審工作。起飛後不久，在二萬三千公尺高空中，俯視翼下廣大雲層，有如一片瑞雪浮空，極為壯觀。不多時，忽然雲開霧散，滿眼綠野攢蹙於旭日下，尤覺可愛，因作此。

白雪堆空浮萬里，氤氳灝氣漫天飛。忽然豁敞棉層裂，丘壑玲瓏映曉暉。

苗栗風光

民國七十七年作

帶綠襟青氣勢雄，千村星布畫圖中。靈鍾虎仔群峰秀，佛駐獅頭眾俗空。明德潭深翻水碧，卓蘭園好耀梅紅。萬樟鬱鬱添佳話，滿縣栽香有古風。

遊濱海公路

民國七十七年十二月十六日

其一

與邱兄鎮京、陳兄弘治與友人多人遊濱海公路，上仙公廟二樓觀海。

雪濤弄海晴，仙闕鎮滄瀛。客倚危闌久，道心汩汩生。

其二

遊濱海公路，於途中登岸邊山崖小亭小憩，面迎海風，精神為之一暢。

風亭傍海濱，聽浪有閒人。但任潮來去，陶然滌俗塵。

其三

途中有一小姐立於危岸，飄然欲飛，作以貽之。

水漾雪波遙，山撐碧宇迢。佳人風岸立，㠯㠯欲沖霄。

生日綺夢

民國七十八年三月四日作

倩影出瑤臺，連宵入夢來。幾番攜手遠，吹笛待梅開。

失眠

民國七十八年三月二十日夜

與三民書局劉經理、許兄錟輝在高雄松柏大飯店品茗，因微醉而難於成眠，遂作此。

反側夢難期，韶光不可追。香茗偏醉客，竟夕起相思。

一夜無夢

民國七十八年三月二十二日夜

與三民書局劉經理、許兄錟輝於臺南赤崁大飯店用餐，錟輝兄勸酒云：「能盡三杯，則必有美夢。」余一飲而盡，卻一夜無夢。

忳忳求入夢，美酒進三杯。杯盡無由醉，惺忪待曙回。

與陳兄弘治全家福與友人同遊林口樂園

民國七十八年四月一日

其一

相倚車輪小，凌虛踏足頻。環周迷瑞霧，恬忽脫俗塵。

其二

藍山芳謐靜，喋囁出深衷。宇宙羅方寸，輕辯轉不窮。

其三　登園內金字塔頂作

濱海依山一樂園，煙籠叢綠曉風暄。危危登塔摩天坐，滿目詩情默忘言。

其四

入螳螂室參觀昆蟲標本，見琴蟲而愛之，因作此。

仙樂何處尋？螳螂鼓腹心。雕蟲極藝巧，天造幾張琴？

漣漪

民國七十八年四月四日作

平湖瑩若鏡，何事漾淪漪？日夜旋無止，幽情衹自知。

有感

眾徒譏宋玉，魚鳥厭西施。美惡無常界，妍媸豈可知！

遊新埔義民公園

民國七十八年四月八日

其一

應邱兄鎮京伉儷之邀，與陳兄弘治等遊新埔義民公園。園頗寬廣，仿造居庸關、蘇州式庭園等，使人恍惚置身於大江南北，得望外之趣。

崺崺居庸暮靄收，旋身快步入蘇州。穿梭複道呼真趣，面水依山似舊遊。

其二

遊新埔義民公園，攀登人工虹橋。橋設計極為新穎，人置身其上，一時仙趣濃生，俗慮為之全消。

不雨生虹彩，七輪疊作橋。飛凌如夢裡，一晌樂逍遙。

高速公路兩旁木棉花

民國七十八年四月十一日作

其一

素榦不驚風，纍纍萬朵紅。春神薰不綠，兀傲聳雲空。

其二

煒煒漾彤潮，名花酒未消。豈甘群浪蕊，幽意寄雲霄。

遊青草湖

民國七十八年四月十六日

參加國文系舉辦之自強活動，上午遊青草湖。環顧四周，但見青草而不見湖，感慨今昔，遂作此。

山環靈隱綠縈迂，青草低鋪不見湖。重到堪驚風物改，輕舟何處逐飛鳧？

註：近有靈隱寺。

遊獅頭山

民國七十八年四月十六日下午

途中與王兄熙元、傅兄武光、姚兄榮松等小憩於一佛庵前，飽享寧靜之福，久久不忍去。

其一

山色爲誰容？層層變淡濃。面庵誠禮佛，靈氣蕩人胸。

其二

庵前古桂散清芳，檻外林花間異香。四境無聲唯鳥語，一襟閑逸好風涼。

與友人共餐

其一

民國七十八年四月二十日夜，在中山堂附近之巧登餐廳與友人共餐，相談甚歡。

情激詩心曲，同懷落落胸。巧登相對久，譪咲話中庸。

其二

民國七十八年四月二十七日黃昏，與友人共餐於重慶南路巧登餐廳。

向晚濃雲斂，天開月色新。披心欣共席，語語見清眞。

無題

民國七十八年四月二十六日作

清潭長日碧，雲影自悠悠。不忍凌波遠，穿林獨嘯遊。

偕邱兄鎮京伉儷與友人同遊木柵風景區

民國七十八年四月三十日

其一

茶壟接疎林，叢花笑翳深。山靈欣待客，處處播清音。

其二

雲嶺弄輕陰。梯田探谷深。亭樓班坐久，清賞有知音。

其三

輕車曲折繞山行，滿目峰青嫵媚生。閑憩雲亭風送爽，悠然欲與白鷗盟。

雲影

民國七十八年五月五日作

閒雲浮水碧，來去漫無心。相映驚時久，悄然浸影深。

漁夫

民國七十八年五月五日作

長絲孤港曲，岸柳釣煙疏。暗恨風不定，經年未見魚。

期汗漫

民國七十八年五月十日作

風忳波浪惡，雲約海邊吹。悟罷雲驚駐，聽風汗漫期。

無題

民國七十八年五月十日作

俗網何須解，千纏不上身。仰天長一嘯，觸目盡清眞。

驚夢

民國七十八年五月十一日作

花下尋鴛侶，惶惶悅嘯吟。覺來忻是夢，相憶始知深。

片雲

民國七十八年五月十七日作

雲片來還去，怡然詡自娛。誰知風突起，儻悅變須臾。

形坐神馳於三民書局編輯室

民國七十八年五月十七日作

擁書心未愜，著墨恨無多。形坐神馳遠，飄然踏碧波。

夢曉岸垂釣

民國七十八年五月十九日作

潭水深無底，清澄照影明。垂綸臨曉岸，佇聽跳魚聲。

深情

民國七十八年五月二十六日作

堅步佔心曲，亭亭賽雪姿。牽情知幾許？蠶吐萬囊絲。

無題

民國七十八年六月二日作

鷯鰈依偎處，睽睽眾目驚。何當身自在？俯仰任和鳴。

垂釣

民國七十八年六月三日作

獨釣深潭曲，綸驚破曉初。長竿欣舉處，非月亦非魚。

清晨漫步國父紀念館公園

民國七十八年六月十八日作

曨曨曙色明，道樹兩行迎。身畔浮雲影，環池自在行。

無題

民國七十八年六月二十二日作

落落超塵網，扶搖奮欲抽。雲牽風侶緩，何日任酣遊？

至情

民國七十八年六月二十五日作

愛摯無纖怨，情深有殊憐。眞純超俗累，琴瑟和年年。

茅廬

民國七十八年六月三十日作

最愛輞川圖，晨昏護草廬。俗塵千萬事，盡自化空無。

與家人晨坐陽明山杜鵑茶花公園觀景樓上

民國七十八年七月一日作

其一

巧染千般翠，平生忒愛山。晨來拋俗累，幾度眾歸閒。

其二

並坐危欄倚，臨風聽曉蟬。環山嵐未盡，無酒亦陶然。

其三

青山多嫵媚，喜迓故人來。情貌欣未改，爭相笑口開。

雨中遊陽明山杜鵑茶花公園

民國七十八年七月二十八日

其一

雨添園樹綠，煙景舊曾諳。閒坐亭臺靜，看山弄翠嵐。

其二 即景二首調寄〈夢江南〉

（一）

煙雨薄，茶樹綠盈園。風裡漫遊張麗傘，游觀山氣變羞顏。偏愛聽閑蟬。

（二）

芳園靜，暑雨正綿綿。慢步穿林香沁骨，環看山色坐憑欄。幽境兩相歡。

詠鴛鴦

民國七十八年七月三十一日作

調寄〈夢江南〉

春水綠，日夕戲鴛鴦。風急不驚標傲骨，雨斜正喜弄新妝。儷影永成雙。

詠相思

民國七十八年八月七日作

其一　調寄〈長相思〉

日相思，夕相思。滿目盈盈霜雪姿。可堪魂夢迷。　雲依依，風依依。多少貪歡多少詩。情深滿畫幃。

其二　調寄〈天仙子〉

玉骨冰姿何處逢？瓊娥傲世立幽叢。脣紅眉翠待誰容？　天作合，逐芳蹤。日夕相思情益濃。

遊石門水庫

民國七十九年一月二十日下午

偷得浮生半日閒，偕田博元、賴明德、陳弘治、廖吉郎等教授與張巧生小姐同遊石門水庫，由阿姆坪乘遊艇赴復興，過吊橋，留連山畔，盡興而返。

其一

綠圍明萬頃，風舸頂天昇。逐水輕搖碧，平飛射復興。

其二

五星伴月半懸天，斜日搖虹渡碧淵。齊仰義行雕塑古，閒心幽境此留連。

啓蕙結業前夕作此以勉之

民國八十二年五月二十六日

簧門清自守，曖曖久含光。啓業從今始，蕙芬播四方。

日光大道即景贈曉楓

民國八十二年作

曉氣清如許，芳園遍曉曦。楓紅何處覓，閬苑出瑤枝。

贈三民書局編輯室張數滿小姐

民國八十二年十一月作

其一　於室內過道不期而遇

匆匆碎步過蹁躚，二度旋身側道邊。贏得回眸輕一顧，盈盈笑意勝當年。

其二　惠借玫瑰一朵作此以謝之

盃裡玫瑰芳意豐，向人攲側不須風。蔚宗如知堪赧色，羨我今專一朵紅。

贈靜香

民國八十二年作

其一　不期而遇

日午匆匆遇幾回，靜嘉身影現廊隈。香游馣薆清何似，姑射山巔一傲梅。

其二　畢業前在日光道上合影未成

蟬鳴樹綠映長廊，砌邊花紅桂隱香。千巧無緣留好影，愔愔何日共陽光。

其三　祝福

鳥喧淑氣新，靜好室生津。香溢花千繞，長此一苑春。

夜遊烏來

民國八十二年七月六日

偕熙元兄、武光兄與清筠、曉楓夜遊烏來，先憩於林豪信先生別墅品茗待月，再驅車走訪瀑布，盡興而返，為作此。

其一

逶迤山路暮煙輕，曲曲溪巒眾鳥鳴。天送風清清俗慮，一心渾欲與鷗盟。

其二

玉兔含羞桂怯香，倚闌山舍有紅妝。清茶晻薆風勤送，熏得天開月播涼。

其三

設色輕嵐瓮清幽，三更山月上山頭。雲仙燈火闌珊處，一練迎賓聒絮流。

贈早餐餐廳不知名服務小姐

民國八十四年四月十一日作

轉眸旋目足風儀，來往凌波步碎移。雖無舉案梁鴻樂，一晌偏疑在玉墀。

中海素貞賢伉儷結婚廿五周年慶

民國八十五年十二月廿七日作

中節調琴瑟，海陬慶訂盟。素心攜手共，貞固卜終生。

贈怡雯

民國八十六年十月九日作

怡雯參加聯合報及中國時報年度徵文比賽連獲散文組第一名，殊為難得，特作此以貽之。

文苑漫遊繼前賢，張侯二中有餘篇。怡愉花鳥還相倚，雯蓋輕籠月再圓。

贈數滿

民國八十六年十月十七日作

日昨突接三民書局張數滿小姐賀卡，為其近日之開朗而作。

其一

彩鳳棲枝問幾年，扶搖一旦沒雲天。忽然青鳥傳音信，開朗聲中憶舊緣。

其二

雲鬢垂肩駐步輕，回眸莞爾媚頻生。脣丹淺襯修眉黛，笑目能言勝有聲。

贈文齡與文惠 民國八十七年一月二十一日作

頃聞臺灣師大國研所助教文齡、學生文惠與犬兒同月同日生，頗奇之，特作此為贈。

梅燦瑤池氣益清，文星連降海陬明。惠中冰雪風神秀，齡夢悠然共此生。

接獲學生賀年卡並求詩作此以貽瑜芳與瑞蘭 民國八十七年一月二十一日作

其一　贈瑜芳

瑤章默讀頻，往事憶長新。瑜珥傳清韻，芳情似至親。

其二　贈瑞蘭

瑞光入苑新，春意滿香茵。綠水流迂曲，蘭芽播經綸。

慶健祥姊丈八秩榮壽

民國八十八年作

健步穿林悅自然，從容依舊有餘妍。貼朱兒額欣茲慶，祥比莊椿益壽年。

註：姊丈吳健祥先生，愛好自然，任職於林產管理局時，既經常出差巡視各林班，深入深山，而退休後亦往往留連山水間，樂而忘返。

烈日下過敦安公園

民國八十八年七月二十四日作

盤盤蔭作廊，一晌午風涼。難得輕揚步，穿林入烈陽。

郊行

民國八十九年三月十六日作

其一

綿亙層巒色淺深，澗流溜玉和鳴禽。穿園偏愛沾纖雨，花裡徐行且嘯吟。

其二　即景贈秀華

煙收雨霽樹藏鶯，秀發花紅間草榮。春水輕流傳逸韻，華風拂面賞新晴。

臺灣師大校園十詠

其一　槐花青

（一）民國九十年一月二十五日作

槐花青木守門牆，頻勸西風褪碎黃。換得長長垂皀莢，揮鞭經歲爲誰忙？

（二）民國八十七年二月十二日作

四時葉盛拱枝嬌，垂果隨風寂闃搖。看盡周遭風物改，謙謙依舊見清標。

註：槐花青為師大校樹，又名阿勃勒或波斯皂莢。六至八月間開黃花，而其莢果作長圓筒形，遠觀有如教鞭，呈暗褐色，可高掛數年。

其二 日光大道即事

民國八十八年十一月二十六日作

輝輝斜日麗疏林，深影斑斑識古今。砌下偏憐芳草小，吐尖偎倚浴流金。

其三 坐眺

（一）民國八十七年二月十一日作

藍空浮白疊山明，巒舍隱隱著霧輕。雲外無垠瀛海碧，任憑浪湧不心驚。

註：晴日坐八樓八三五研究室外眺，往往可見樓高山遠，而文化大學校舍亦常隱隱現於遙山之間。

（二）民國九十年一月六日作

遙岑斜疊翠嵐輕，樓閣高低日氣清。綠樹叢叢環遠近，望中一抹夕陽明。

其四　落葉　民國八十九年四月三日作

佈地金黃映落暉，風迴林蔭雨霏霏。綠枝疊映花爲伴，碎散無言泯是非。

其五　師大校園一隅

（一）民國九十年一月九日作

牆紅瓦墨白間新，不見風霜已幾春。排立蒲葵偎作伴，桂香郁郁沁吾身。

即景贈佳君

民國九十年一月二十日作

蒲葵竹柏競高枝，佳蔭平鋪共陸離。小鳥音好來相悅，君卿色赧更何疑。

其六　榕樹鬚

（一）民國八十九年三月二十五日作

叢綠綴鬟纖，成行織作簾。隨風輕醉舞，豈欲惹塵凡？

（二）民國九十年二月十一日作

眾木綠猗猗，細絲千萬垂。晚來風不定，齊釣為阿誰。

註：師大日光大道上植有兩排榕樹，垂鬚常數尺，隨風飄動如簾，甚為美觀。

其七 小葉欖仁樹

（一）民國八十九年四月三日作

綠影斑斑點綴工，碧雲深淺染春空。銀枝齊仰芽吐小，爭耀金黃趁好風。

（二）民國九十年二月十日作

細雨斜侵春可憐，一行欖樹譜琴絃。層層倒傘蕭然立，風裡駸駸欲問天。

註：師大日光大道正中央有一排小葉欖仁樹，樹身直而略呈銀色，其枝椏則皆上仰呈倒傘狀，饒有風致。

其八 桂樹贈者馨 民國九十年二月十日作

依偎避俗塵，枝小著衣新。者番風送暖，馨逸似蘭薰。

註：師大二進大樓前後牆沿，皆植有一排小桂樹，雖少視覺之奇，卻多嗅覺之好。

其九　文學院

（一）民國九十年二月十日作

巍巍紅閣欲摩天，花樹環迴亦可憐。出入尋幽知幾許，斑斕文史五千年。

（二）民國九十年二月十一日作

蒲城道畔有清音，嘉木鳴禽日夕吟。書蠹高樓輕應和，莘莘多子悅文心。

註：臺灣師大文學院大樓樓牆後為蒲城街。

慶結婚四十週年贈賢妻素貞

民國九十四年一月二日作

攜手芳園四十年，嚶嚶佳木鳥歡喧。素舒長好營清景，貞澹憑軒共續緣。

贈智敏

今（九十四）年八月將居齡閑退，需整理研究室，待新室友遷入。幸有學生蘇智敏小姐大力幫忙，得以完成整理之繁雜工作。特作此以謝之。

狼藉花繁草亂生，智瓊塵帚待揮清。幾番舒捲成圖畫，敏手全園次第明。

註：智瓊，古仙女名。

丙戌秋吉日賀王希杰教授主辦學術研討會成功

語音高妙澤人間，畢集群賢出古關。閏月偏多秋氣爽，妙文聲溢賀蘭山。

註：研討會在銀川賀蘭山下西北民族大學舉行。時王希杰教授任該校語言與文學研究所所長。

到南湖高中演講

民國九十九年十一月四日下午作

南風斂去興偏濃，湖水清柔漾舊蹤。高意雖無遐舉趣，中心一霎契雲松。

賀南湖高中校慶

民國九十九年十一月六日作

南阜齊瞻毓秀桃，湖風弄碧送松醪。高聲歌舞同歡慶，中道依歸教釣鼇。

註：該校校史有云：「南冥有魚，羽化為鵬，其翼不知幾千里；湖人無私，諄誨是愛，斯文堪傳數萬年。」

欣與賢妻素貞慶金婚

民國一〇四年一月二日作

當年湖水漾清漣，南港情牽幸締緣。今捧黃金天降瑞，欣迎鑽石福綿延。

回思《國文天地》創刊前後三十多年有懷何錡章教授

民國一〇五年六月十一日作

三十四（民國六十九）年前，由臺灣師大國文系何錡章最先構想創刊，不幸罹病過世。今已出刊滿三十一年，果實纍纍，當可告慰何教授於天上！

三十餘年海路陰，幾經轉舵入洋深。當年望遠騰豪氣，漁穫今豐足慰心！

慶《國文天地》創刊三十周年

民國一〇五年六月十一日作

本刊為月刊，創刊於民國七十四年六月一日，以發揚中華文化、普及文史知識、輔助國文教學為宗旨，設有專欄、專輯多種與學術論壇，廣受各界喜愛、重視。辛苦經營，至民國一〇四年五月卅一日，恰滿三十年；而其收支亦從此不但可平衡，且已開始有盈餘。能如此，不得不歸功於萬卷樓圖書公司常董林慶彰教授、總經理梁錦與先生與副總經理兼副總編輯張晏瑞先生領導下之編輯團隊。尤其張副總編輯富有藝術天分與學養，精於專欄、專輯與版面設計，使近幾年之本刊面目大為一新，普受大眾讚美。

月月清妝舞步新，斑斕文史入歌淳。匆匆卅載愔愔過，從今藝苑慶逢春。

贈萬卷樓總經理梁錦興先生

民國一〇五年六月十一日作

萬卷樓圖書公司，由林慶彰教授約請大學教授多人創於民國七十九年，後因經營困難，於民國八十一年五月底，由當時董事長許錟輝教授推薦梁錦興先生為公司作一診斷，約在寒舍附近（信義路四段二六五巷）之一家咖啡廳商談約一小時，決定在三個月內由梁先生提出改進辦法：不料梁先生自六月一日一進公司後，即由診斷師一變而為總經理，持續改進，使萬卷樓業務得以蒸蒸日上。由於近年景氣不佳，梁先生啟動其敏銳之雲端思維，決定逆勢操作，經董事會通過後實施，結果使業務更上層樓。回思梁先生進萬卷樓至今，已邁入第二十年，其辛苦奮進，令人感動，因作此以貽之。

漫漫廿載度長宵，延吉咖啡味未消。天縱才傾雲上旋，鵬飛萬里任逍遙。

讀胡序有感

民國一〇五年七月廿六日作

詩人胡爾泰教授不僅為拙作校讎，且用心寫序，因感而作此，藉表謝意！

品花專色韻，香溢滿春叢。往復旋今古，一株倚萬紅。

題胡爾泰《好花祇向美人開》詩集

民國一〇五年七月廿七日作

浸淫詩藝早，脈絡出文心。懷裏時空轉，吟哦義蘊深。

自嘲

民國一〇五年七月三十日作

吟稿出版前夕，竟沉迷於自我之小小宇宙中，特作此以解嘲。

恢然宇宙蕩吾胸，排奡迴旋成嶺峰。回首向來瀟灑處，一林蓊鬱認前蹤。

文化生活叢書·詩文叢集 1301032

逍遙遊吟稿

作　　者　陳滿銘
責任編輯　蔡雅如
特約校稿　林秋芬

發 行 人　陳滿銘
總 經 理　梁錦興
總 編 輯　陳滿銘
副總編輯　張晏瑞
編 輯 所　萬卷樓圖書（股）公司
排　　版　游淑萍
印　　刷　百通科技（股）公司
封面設計　百通科技（股）公司

發　　行　萬卷樓圖書（股）公司
臺北市羅斯福路二段 41 號 6 樓之 3
電話 (02)23216565
傳真 (02)23218698
電郵 SERVICE@WANJUAN.COM.TW
大陸經銷
廈門外圖臺灣書店有限公司
電郵 JKB188@188.COM
香港經銷
香港聯合書刊物流有限公司
電話 (852)21502100
傳真 (852)23560735

ISBN 978-986-478-024-2
2016 年 9 月初版一刷
定價：新臺幣 280 元

如何購買本書：
1. 劃撥購書，請透過以下帳號
帳號：15624015
戶名：萬卷樓圖書股份有限公司
2. 轉帳購書，請透過以下帳戶
合作金庫銀行　古亭分行
戶名：萬卷樓圖書股份有限公司
帳號：0877717092596
3. 網路購書，請透過萬卷樓網站
網址　WWW.WANJUAN.COM.TW
大量購書，請直接聯繫，將有專人為您服務。(02)23216565　分機 10

如有缺頁、破損或裝訂錯誤，請寄回更換

國家圖書館出版品預行編目資料

逍遙遊吟稿 / 陳滿銘著. -- 初版. --
臺北市：萬卷樓, 2016.09
面；　公分. -- (文化生活叢書. 詩文叢集)
ISBN 978-986-478-024-2(平裝)
851.486　　105015011